誰かが見ている

みやにしまふゆ

誰在看著我

宮西真冬

王華懋——譯

目次

序章

明明已經下定決心不再上網了，右手卻無意識地摸索手機，令榎本千夏子一陣驚愕。網路世界已經讓她吃了那麼多苦頭，她卻還對它戀戀不捨嗎？

大白天就像具死屍般癱在客廳，聽著遠方享受暑假的別人家小孩的歡鬧聲，甚至讓人錯覺自己不是主婦、妻子或母親，而仍是個年幼的孩子。為了彌補夜晚的失眠，千夏子努力坦然去享受這份睏倦，臉頰感受著空調吹出來的冷風。她覺得醒來的時候，母親會溫柔地拍拍她的肩膀說「吃晚飯囉」。想像中，那不是親生母親的臉，而是電視劇或電影中看到的資深女星的微笑。只要說到「日本好媽媽」，每個人都一定會舉出那位女星的名字。

穿透蕾絲窗簾灑進來的光在眼皮上跳動，有些刺眼，卻冷不防蔭成了舒適的暗度，令她倏然睜眼。前一刻窗外還是一片晴朗得惱人的藍天，現在卻被一片詭異的烏雲全面籠罩，在房間投下暗影。下一秒鐘，「嘩」地一陣激烈的雨聲，把千夏子喚回了現實的世界——主婦與母親的世界。如果自己不行動，一切都會停滯不前。

她衝出陽臺收進衣物，趕往臥室關上打開的窗戶。衝進去的時候雨已經打了進來，地板都積水了。她默默地前往洗手間，抓了抹布回到臥室。水窪好大一攤，一條抹布不夠擦。因為很久沒有仔細打掃了，濕答答的抹布變得又黑又髒。

千夏子當場癱坐下去，注視著彷彿要沖掉一切的大雨——如果可以把一切全部沖走就好了。如果可以把我也沖去別的地方就好了。

她在那裡坐了多久？客廳電話響了，千夏子的肩膀誇張地一抖。

——到底是誰打來的？

最近她都用手機聯絡，就算知道家裡的電話號碼，也很少有人會打那裡。而且會牽室內電話，也是因為業者說這樣網路比較便宜。

千夏子做了許多假設，最後想到也許是丈夫。千夏子的手機前幾天壞掉以後，就一直是丈夫信二帶在身上。丈夫也決定最近就要把它解約了。

「……喂？」

千夏子很謹慎，沒有報出姓氏，但話筒另一頭傳來的聲音不是丈夫也不是陌生人，而是托兒所的班導。是叫她去接小孩嗎？窗玻璃倒映出千夏子邋遢的居家服和素顏的臉。快一點的話，十五分鐘就可以出門嗎？她呆呆地想著如果這時候有汽車駕照就好了。在豪雨中穿著雨衣騎自行車，總是讓她痛苦萬分。但即使她有駕照，丈夫應該也不願意讓妻子碰他的愛車。

「請媽媽冷靜聽我說。」

然而班導在說出來意之前卻先這麼聲明。

儘管叫千夏子冷靜，聲音卻顯得十分焦慮。是那麼嚴重的高燒嗎？今天早上有什麼不對勁的地方嗎？什麼都想不起來。

「夏紀不見了。」

意料之外的話讓千夏子發出呆笨的聲音：「嗄？」

「夏紀就像平常那樣，跑出托兒所散步，結果一個人不知道跑去哪裡了。」

不知道跑去哪裡了——千夏子只能鸚鵡學舌似地重複。話筒另一頭又說：「我們立刻分頭去找，但還是找不到，所以報警了。聽說你身體不舒服，今天早上是爸爸送夏紀過來的，不過你現在可以到托兒所來一趟嗎？」聲音比剛才更鎮定，變得有些高壓。千夏子好不容易擠出一聲「好」，掛了電話。

——都是我害的。

左手把顫抖的右手拉到胸前，像要抱緊自己似地蜷起背部。

班導一定也認為是千夏子害的。日復一日，班導總是訓她「家裡要好好管教孩子」。這麼說來，她發現剛才的電話裡連一聲道歉都沒有。班導一定是想：「看吧，我不就說了嗎？」但千夏子可以確信，絕對不是那樣的。

——夏紀不會自己跑去別的地方。一定是被人帶走了。

但種下禍因的，無疑就是千夏子。不應該這樣的——她忍不住脫口喃喃。只是一時鬼迷心竅而已。她只是想要排遣每天的不滿而已。

應該打電話給丈夫嗎？不，她的理智很清楚絕對應該要聯絡。但自從「那件事」以後，信二就好像變了一個人，變得專制獨裁。她現在不知道什麼會踩到他的地雷。或許夏紀會忽然被找到。那樣的話，或許先不要說，靜觀其變比較好。千夏子勉強自己樂觀地思考。

但她突然煞住了腳。

——如果夏紀就這樣永遠消失不見，又有什麼問題嗎？如果夏紀就這樣永遠找不到，我不就可以甩掉母親這個頭銜了嗎？

電話再次響起。

是歹徒打來的——千夏子確信。雖然也有可能是托兒所聯絡說找到了，但她實在不認為會是如此。

千夏子提心吊膽地拿起話筒，貼上耳朵。

「……喂？」

聲音顫抖得可笑。

傳出的聲音不出所料，是「她」。

到底是在哪裡做錯了？

千夏子想起四個月前的春天，遇到「她」的那一天。

第一章

*

來上晚班的打工領班看看客人正好告一段落，走進收銀臺說：「差不多該換班了。」千夏子瞄了一眼牆上的鐘。三點二十分。

「先把要買的東西放進購物籃吧，打完卡就可以結帳了。

反正現在幾乎沒客人。」

「謝謝。」

可是托兒所那邊必須一下班就立刻去接才行。

如果提著購物袋會挨罵的。

每次碰面都會上演一樣的對話，但領班每次聽到，都會像第一次聽到似地驚訝萬分：

「什麼跟什麼啊？托兒所也未免太不近人情了。何必那樣吹毛求疵呢？其他的媽媽都有認真遵守嗎？」

千夏子曖昧地笑笑帶過。就像領班說的，「其他的媽媽」大部分都是先買完東西才去接小孩。有人放在車子裡，甚至也有人大剌剌地就提著購物袋到教室去，但千夏子從來沒看過有人像她那樣挨罵。大部分都是老師探頭看看袋子：「咦，今天煮咖哩？」然後家長笑道：「不好意思，先去買了一下東西。」但千夏子清楚為何只有自己被視為眼中釘，因此也不想抗議這不公平。不對的是他們家。

「可是反正還是要回來一趟的話，先買起來放在後場就好了嘛。帶著孩子買東西很辛苦吧？先買好的話，來了就可以拿走了。你今天就先下班了吧。」

欸，店長！千夏子可以下班了吧！」

店長正好經過收銀臺前面，二話不說地點點頭。領班已經在這家店做了十年，以某個意義來說，權力比店長還要大。像年輕女員工，要是剛進公司的時候走錯第一步，就會惹來領班的反感，往後別想有好日子過。

「謝謝，那我先走了。」

千夏子感激地聽從領班的建議，匆匆採買咖哩的材料，塞進休息室裡的冰箱。換好衣服，拎起包包，剛好是下班時間的三點三十分。她再次經過收銀臺旁邊道謝，走出門口。跨上停車場裡的淑女車，才剛踩下踏板，便感覺一條汗水順著背部正中央淌落下去，頭髮黏在額頭髮際上。現在才剛四月而已，到了夏天會熱成什麼樣？

——啊，好討厭。不想去托兒所。

超市的同事為她設想，讓她提早下班，令人感謝。然而另一方面，像這樣騎自行車前往托兒所的時間，是一天當中最讓她痛苦的。感覺踏板異樣地沉重。儘管內心想著得快點去接小孩，身體卻為了不想去而出現抗拒反應。明明不想去，卻又非去不可。如果可以再也不用去托兒所，她寧願站收銀站到三更半夜。

夏紀上的托兒所，從千夏子任職的超市騎自行車只要十分鐘。但也許是因為她不想去接，總覺得路程一天比一天更遙遠。她把自行車停在距離托兒所有些遠的自行車停車場，看到幾輛自行車的前籃塞著購物袋，覺得這些人怎麼這麼不小心？這時她看見一輛運動型的黑色電動輔助自行車。裝在後方的兒童座椅的豹紋圖案看過一眼就不會忘記——是池上惠的車。胃部突然一陣絞痛，額頭冒出種類不同於剛才的汗水。

「啊，夏紀媽媽，這麼晚才來接？今天好像又鬧出什麼事囉。」

就在經過庭院的攀爬架時，惠出聲叫住她說。同樣三歲幼童班的媽媽們全都轉頭看過來。

「你好。呃，你說鬧出什麼事，是夏紀又……？」

「就是啊，小夏今天又被老師罵了。」千夏子還沒說完，頭上就傳來聲音。

「大家都在唱歌，小夏卻跑出去院子，被老師罵了。」

惠的女兒喜姫從攀爬架爬下來，想要加入大人的對話。發音讀做「KIKI」的這個名字，如果不是她的臉蛋長得可愛，一定會教人頭皮發麻。打死千夏子都不會給夏紀取這種鬼名字。

「不好意思夏紀又搗亂了，喜姬……我先去接一下夏紀喔。」

千夏子就要跑向教室的瞬間，「我們要回去了。」惠笑著說。

「我們也不是特地在等你來，對吧？」

千夏子表情僵硬地行禮說「是啊，不好意思」，小跑步離開。背後傳來笑聲，但是她沒有再回頭。她們一定會帶著各自的孩子移師公園，繼續剛才的話題。她們手上沒有提著購物袋的時候，大多時候都聚在公園聊天。話題一定是千夏子和夏紀。生下孩子以後，千夏子才體認到女人不管長到什麼歲數，永遠就是愛嚼舌根。

走進三歲幼童班前，千夏子和班導的保育員遠藤美穗對望了。美穗的年紀跟千夏子的母親差不多。美穗大大地嘆了一口氣，大聲催促房間角落的夏紀：「媽媽來接了，東西帶好！」聲音大到連外面都聽得見。

「……謝謝老師照顧了。」

千夏子就像看父母臉色的孩子般，怯生生地走進教室裡。

「你下班了。」美穗擠出假面具般的笑容。

「夏紀一直迫不及待媽媽來接呢。閒聊也該適可而止喔？」

「對不起。」千夏子行禮，淌下背部的汗水往脖子倒流。好想快點離開這裡。但美穗又接著說下去：

「夏紀今天也不肯加入大家。希望夏紀可以再積極一點呢。不過長大了就會漸漸改變吧。」

「每天都給老師添麻煩，對不起。」

美穗應該是在說夏紀，千夏子卻覺得是在訓她，是自我意識過剩嗎？——都是你跟「媽媽友」處不好，小孩才會交不到朋友。

這時，一名其他孩子的母親衝到千夏子旁邊，輕輕合掌說：「對不起！不小心聊太久了！」

「辛苦了。小葵，媽媽來接你囉！」

美穗用與剛才截然不同的溫柔嗓音呼喚孩子，小葵也撲上來抱住美穗說：「美美老師明天見！」去年是兩歲幼童班導師的美穗第一次自我介紹時說「我叫美穗，可以叫我美美老師」，當時千夏子還放心地想「太好了，這個老師看起來很溫柔」，沒想到——

小葵的母親微笑地看著這一幕，視線忽然飄到千夏子身上，然後若有似無地一笑。千夏子覺得被嘲笑了：看，我家的孩子真是乖巧聽話。

……不是我的錯。都是夏紀不好。如果小葵是我的孩子，我就不用這麼辛苦了。

「真的對不起。」

千夏子扯住夏紀的手，行禮離開教室。夏紀說著「等一下！」想要甩開千夏子的手，千夏子硬是抓牢，趕往停車場。她強迫把夏紀塞進自行車後方的兒童座椅，但夏紀鬧起脾氣，不肯乖乖坐下。

「你給我差不多一點！你到底有什麼不滿！」

看著哭得滿臉淚痕的夏紀，千夏子還是無法相信這孩子是從自己的肚子裡生出來的。自從在醫院接生的助產師把孩子抱給她看，說：「是個活力十足的寶寶喔！」她就一直有這種感覺。

她無法向任何人吐露這種不對勁的感覺，直到今天。然而這樣的不安卻是與日俱增，去托兒所接孩子令她痛苦萬分。

「再哭！再哭就把你丟在這裡！

你不應該從我的肚子生出來的！你才不是我的孩子！」

千夏子扯住夏紀的腳要孩子坐好，繫上安全帶，不容分說地騎了起來。根本無暇在乎別人的眼光。好想快點回家。今天也吃杯麵算了。雖然這麼想，但又想起剛才留在超市的咖哩材料。就算不煮了，還是得去拿。剛才應該還很感謝領班和店長的好意，現在卻令人厭煩無比。

抵達超市停下自行車，把總算停止哭泣的夏紀丟在座椅上，衝進超市裡。她知道這樣很危險，可是如果把夏紀帶進店裡，夏紀一定又會逛來逛去，把回家的時間拖得更晚。穿過收銀臺旁邊，往後場走去的時候，前方有對母女走來走去：「咦？怎麼沒有雞蛋？」

每個星期三是雞蛋特價日，除了平常放雞蛋的地方以外，還會在收銀臺前另設特價賣場。不知道這件事，也許不是常客，或是不需要買特價品的有錢人。有珠飾的開領襯衫和雪紡細褶裙都是白色的，看起來實在不像帶小孩的母親。而且千夏子一眼就看出那不是量販店賣的款式，而是高級品牌。她記得在上個月的流行雜誌上看過，不是她時薪八百五十圓的兼職薪水買得起的。千夏子自己穿的是條紋長版T恤配牛仔褲，這普通到了極點的穿搭，讓她覺得好丟臉。

也許是因為千夏子直盯著看，對方忽然轉頭看她。千夏子提防對方是不是要挖苦，反射性地說「雞蛋」。

「咦？」

「呃，你在找雞蛋嗎？

今天是特價日，收銀臺前面有特價賣場。啊，我在這裡工作。」

千夏子慌張地接著說。

「啊。」對方笑了。

「謝謝你。我居然說出聲音來了，真丟臉。

我最近剛搬來這裡，所以不知道。真謝謝你。」

對方的笑容實在太誠懇了，反而把千夏子嚇到了。這陣子她都沒有像這樣受到感謝。連總是叫她早點下班的打工領班的好意，千夏子也發現其實是出於領班「這家店都是靠我在管理」的自負。她曾經聽到領班對視為眼中釘的新進女員工找碴說：「單身又沒小孩的人，就沒辦法像我這麼體貼。」

「不，這沒有什麼。」

千夏子別開視線，年紀跟夏紀差不多的小女孩也對著她笑：「謝謝阿姨！」她的手被母親緊緊地握在手裡。這要是夏紀，就沒辦法這樣。夏紀只會甩開千夏子的手，一眨眼就不知道溜去哪裡了。

「那，我先走了。」

千夏子匆匆行禮，離開原地。

——如果那孩子是我的小孩，我就可以過得更好了。為什麼我生下來的會是夏紀？

回家以後，餵夏紀吃過杯麵，強迫抓去洗澡，然後從電視機前面拖開，和孩子心愛的毯子一起塞進被窩時，已經超過十點了。廚房流理臺裡還丟著早上的髒杯盤，收進來的衣服也沒摺，高高地堆在地板上。托兒所交還的髒衣物也還扔在玄關。她知道不動手收拾，那些東西永遠都在那裡，卻怎麼也提不起勁來，躺在沙發上。

夏紀早上完全爬不起來，愈到夜裡，精力卻愈是旺盛，讓千夏子覺得就像個怪物。她打從心底希望托兒所不要讓小孩睡什麼午覺。應該讓他們盡量多玩耍，玩到筋疲力盡、動彈不得最好。就是讓他們在莫名其妙的時間睡覺，才會到了晚上也不肯睡。所以我的時間都沒有了——千夏子煩躁不堪。

她從牛仔褲袋裡掏出手機。她先前就注意到有幾則訊息，卻連看的時間都沒有。打開其中一則。「您有新留言」的文字底下附有網址。千夏子忍不住笑逐顏開，急忙點開來。

千夏子從七年前就在經營部落格。對於沒有特別的興趣的她而言，這是她唯一長久持續的習慣。

「WELCOME HOME BABY～～歡迎來到我溫暖的家☆」。這是部落格的名字。

她會開始經營部落格，是因為進行不孕症治療。

二十九歲結婚的千夏子，在一年半後開始進行不孕症治療。她認為結婚就是要生小孩，而且她也不是那麼年輕了。丈夫信二也比自己大五歲，所以愈快生愈好。最重要的是，丈夫想要孩子。

因為這個話題很敏感，當時千夏子也無法跟朋友討論，為了傾吐情緒，才開始寫部落格。但是夏紀出生不久後，她才知道朋友裡面也有不少人是透過不孕症治療才有了孩子。與她們聊過之後，幾乎每個人都說：「我丈夫都不像你先生那麼配合。」

不孕症治療不僅花時間，也很花錢。

一般的檢查有健保給付，所以還不算昂貴。但從行房時機療法到人工受精，或是更進一步進行體外受精，隨著治療升級，金額也跟著三級跳。而且即使持續治療，也不能保證「絕對」可以懷孕。

千夏子和信二做了三次行房時機療法、五次人工受精，醫生提議進行體外受精。千夏子在懷孕相關書籍和雜誌看到許多女性埋怨說「丈夫說浪費錢，我們吵架了」、「丈夫不肯放下工作，無法接受治療」，所以擔心他們是否也會這樣。

「……治療要怎麼辦？」

從醫院回家的路上，千夏子先開口問道。

她覺得比起回家面對面談，在開車路上比較容易吐露真心話。因為丈夫對治療實在太積極，而且也很關心千夏子的身體，讓她懷疑丈夫是否在勉強自己。

「什麼叫怎麼辦？」

信二盯著前方說。

「體外受精很花錢吧？

而且我聽說要邊工作邊治療不孕症很辛苦。現在也是，得臨時去醫院的日子，我都是撒謊請假，畢竟職場對不孕症治療不是很友善。」

「我說千夏子，生孩子跟工作，哪邊比較重要？」

被這麼一問，話在喉嚨哽住了。答案不言可喻。

「……當然是生小孩，可是……」

「可是？」

「我覺得輕易辭掉正職好像不太好……」

「可是我們之前就討論過，如果生了孩子，就要辭掉工作對吧？那樣的話，為了懷孕而辭掉工作，也沒有多大的差別吧？」

「……真的可以辭掉工作嗎？」

「這還用說嗎？為什麼你會覺得不可以？」

「因為現在雙薪家庭很普遍……」

「別人怎麼樣跟我們無關。千夏子，你想要怎麼做？」

「……辭掉工作，專心做不孕症治療。」

「那就這麼做吧。沒什麼好煩惱的。」

後來千夏子立刻提出辭呈，用掉有薪假，辭掉了從婚前就在那裡工作的補習班。

她原本就無法融入講師和兼職行政人員那種油滑的態度，從剛進去就一直想要辭職，卻遲遲沒有付諸行動。她可以想像得到，就算辭職換工作，不管去到哪裡，自己應該都是這樣。既然如此，與其在新的職場再次經歷「我果然沒用」的絕望，她覺得待在熟悉業務內容的現在的職場應該比較好。

在那家補習班工作，唯一的收穫就是讓她認識了丈夫吧。

榎本信二在書店的行銷部當業務，來補習班打招呼說由他接替以前的業務時，兩人第一次見面。老實說，千夏子不喜歡上一任業務。之前的業務年紀和千夏子一樣，明明是來推銷商品的，態度卻吊兒郎當、高高在上。每次碰面就調侃她：「怎麼都不會打扮一下？」「就是態度那樣冷冰冰的，才會嫁不出去」，把千夏子推進沮喪的深淵，對方卻渾然未覺，滿不在乎地喝著千夏子端給他的茶。即使如此，他仍是個厲害的業務，從來不會空手而歸。因為他會擺出「這種態度」的對象，就只有千夏子一個人。在「做生意」對象的講師面前，他是個彬彬有禮的陽光好青年。說穿了，千夏子就是被當成了「可有可無的人」。這讓千夏子很不甘心，但也承認這確實是正當的評價。

相對地，信二在各種方面與前任都是兩個極端。

信二憨厚老實，笨口拙舌。

這是講師們對他的評語。信二不會像前任那樣油嘴滑舌地討好奉承說「你今天也好可愛」，也不會掌握對方的興趣，炒熱話題。他每次來都只會說明自己帶來的商品有什麼特色、如何值得推薦，然後就回去了。

信二個頭嬌小，站在穿高跟鞋的女講師旁邊，眼睛高度幾乎一樣。也因為這樣，他被取了個綽號叫「矮冬瓜」，然後因為「聽他說話無聊死了」，千夏子總是被派去應付信二。用什麼書當教材、或買什麼書做為自己的課堂參考，決定的人不是千夏子而是講師。然而大部分時間卻讓行政人員應付信二，講師只出來露臉一下，讓千夏子覺得很失禮又抱歉。

信二成為這裡的業務三個月的時候，有一次千夏子在午休去銀行匯款，注意到停車場停著信二公司名稱的車子，也聽到信二的聲音，似乎是在暗處和別人說話。雖然覺得偷聽別人說話不太好，令人遲疑，但千夏子還是悄悄保持距離靠過去——發現信二只有一個人。

「這是本月新出版的書——」

「請務必參考看看——」

「謝謝您抽空聽我介紹。」

很快地，千夏子便發現信二是在預演——儘管根本沒有人願意好好聽他說話。然後千夏子想到，上星期講師們在說「矮冬瓜每次講話都又臭又長，真傷腦筋。他都自顧自講完就回去」，是不是被信二聽到了？

千夏子看著他緊張的側臉，甚至感動起來：這個人怎麼這麼認真？

憨厚老實，笨口拙舌。

這也是千夏子從小到大的評語。她也知道補習班的同事們都揶揄嘲笑：「兩個矮冬瓜，天生一對喔！」

「你好！」

千夏子鼓起全身的勇氣出聲招呼。信二肩膀一顫，就好像順手牽羊被當場抓包的小孩子。

「已經吃過飯了嗎？」

信二回答「還沒」，表情就像不懂她為什麼這麼問。

「老師現在都出去吃午餐了。

如果不嫌棄，要不要一起去吃個飯？雖然要走一小段路，不過有家店的蛋包飯很好吃。我正要去那裡。」

千夏子撒了謊。她本來打算去銀行回來，就在休息室吃便當。煎蛋、醃鮭魚、冷凍食品的芝麻拌菠菜，白飯上面放了梅乾和鹽昆布，菜色幾乎天天一成不變。千夏子想要拋棄它，得到別的什麼。這是她生平第一次主動邀男生吃飯。

「謝謝你告訴我。在午休時間拜訪客戶很沒常識呢。

如果不麻煩，請務必讓我作陪。」

後來信二來跑業務的時候，如果時間剛好，兩人便偶爾會一起去吃飯。彼此互傳沒什麼內容的訊息，不再用敬語說話時，信二假日開始邀千夏子出門約會，正式交往，半年後信二求婚了。起先是千夏子主動，但後來是信二主導。

信二的個性是凡事都要先做計畫，確實做好，因此在計畫生孩子的時候也做足了功課，理解女性身體的負擔。他是個理想的丈夫。

所以當第四次的體外受精順利成功時，千夏子確信她已經得到了人生中需要的一切了——我的人生完美無缺。

如今回想，那一瞬間就是千夏子人生的顛峰。

「我回來了。」

丈夫的聲音讓千夏子醒了。她好像握著手機睡著了。似乎睡得很沉，雖然覺得神清氣爽，但其實只過了十幾分鐘。最近信二經常凌晨才回家，多半也都吃過晚飯了。他難得這麼早回來。

「對不起，我以為你會吃過飯再回來，什麼都沒準備。」

千夏子急忙走去廚房，丈夫看著流理臺，深深地嘆了一口氣。

「夏紀的東西丟在玄關。」

衣服沒摺。

晚飯……泡麵？」

「對不起。我有點累，不小心睡著了。」

「快點洗衣服吧？再晚洗衣機就會吵到鄰居了。」

只要看到夏紀，千夏子就什麼事情都不想做，然而一看到丈夫，千夏子就引擎全開。她飛快地啟動洗衣機，回到廚房開始洗碗盤。信二從拎回來的超商購物袋拿出沙拉，配著電視新聞默默地吃起來。

「……呃，下次休假，你有沒有什麼計畫？」

千夏子盡量若無其事地提出。信二瞄了千夏子一眼，反問：「幹嘛？」
「喏，上次你們不是兩個人一起去洗車嗎？
夏紀好像覺得很像遊樂園的遊樂設施，很好玩，你可以再帶夏紀一起去嗎？我想趁那時候去買一下孩子春天的衣服。」
千夏子強調是要買孩子的衣服，而不是自己的衣服。我絕對不是想要離開孩子──千夏子在心中喃喃，不曉得是在對丈夫還是對自己辯解。但信二咂了一下舌頭，聲音在客廳顯得異樣響亮。
「我不會再帶夏紀去了。不是說我的車子被刮傷了嗎？」
開始抖腳了。叩叩叩叩叩叩叩。微微晃動的拇趾不停地輕敲在地板上。應該沒有聲音，然而那聲音卻確實地傳進千夏子的耳中。
「是啊，可是我也想要一點自己的時間……」
不小心說溜嘴，講出真心話了。千夏子倒抽一口氣，心想糟了。
「千夏子，你不是說過，你生了小孩很幸福嗎？你也說過，再也找不到像我這麼配合不孕症治療的丈夫了，對吧？都已經有了這麼多，你到底還想要什麼？」
喉嚨哽住了。信二的話總是邏輯分明，無懈可擊，不給千夏子任何反駁的餘地。
丈夫把千夏子的沉默當成回答，沒有再多說什麼。他像小動物那樣平淡而規律地咀嚼沙拉，吃完後不發一語地走向浴室。怎麼連一句「我吃飽了」都沒有？這個念頭浮現腦中，但千夏子試著為丈夫正當化：飯又不是我做的。

做完全部的家事，沖完澡時，指針已經超過午夜了。信二已經進去臥室，千夏子可以輕易想像他一定正發出規律的鼾聲熟睡了。她用毛巾擦著頭髮，倒進沙發裡。最近她都不想直接回臥室。待在丈夫旁邊，腦袋就會轉個不停，怎麼樣都沒有睡意。她在一片靜默的客廳再次打開手機。剛才還在為部落格有新留言而開心，結果那不是訪客留言，而是廣告留言。她深深嘆息。已經好久沒有人留言了。

開設部落格，鉅細靡遺地寫下有關不孕症治療的紀錄時，留言多到她想要全部回覆都很困難。

「一起加油吧！」

「不要焦急，慢慢來。」

「我跟你一樣。」

以前千夏子雖然也會看別人的部落格，但從來不曾積極地留言或傳訊息給對方。所以像這樣在網路上與未曾謀面的人交流，讓她覺得很奇妙……但又覺得滿不賴的。成年以後要交到朋友真的很困難。上次像這樣和擁有相同目標的夥伴彼此加油打氣，是什麼時候的事了？離職以後，她的時間多到可以拿來賣。她把大半的時間都花在經營部落格上。

令人驚訝的是千夏子懷了夏紀的時候。

她在部落格宣布體外受精成功時，得到了數量多到驚人的留言。就連平日沒有交流的人都爭先恐後地留下「恭喜」的道賀。她沒想到居然有這麼多人在看自己的部落格。

然後私下傳訊息給她的人也急速增加。從「你有接受抗精子抗體檢查嗎？」這類具體的問題，到「你有佩戴什麼求子護符嗎？有什麼推薦的神社嗎？」這類求神拜佛的問題，五花八門。

每次收到這類煩惱，千夏子就感受到她們有多拚命，然後湧出一股無以名狀的快感。

——這些人在羨慕我。

從小就一直不起眼的千夏子，從來就不是他人羨慕的對象。她總是待在陰暗的角落，看著別人有而自己沒有的東西，沉浸在絕望裡。她從沒想過居然會有這麼一天，自己能比別人更優越。

她詳細地回覆每一則求助的私訊。

在自己的部落格，她也不斷地貼出努力受孕的女性會想要知道的訊息，像是自己購買的各種好孕小物、據說每天進行就可以帶來好運的儀式、可以減輕壓力、增加受孕機率的食譜等等。每一次都得到許多迴響和感謝：「謝謝你，我受到很大的鼓勵。」

餘波不只如此。

千夏子的部落格居然登上求子部落格的排行第一名。部落格的訪客數也一天超過一萬人，並入選為推薦文章。粉絲數目和留言數目不斷地增加，但批評的留言也呈正比出現了。

「你不懂正在進行不孕症治療的人的心情嗎？」

「一懷孕就寫一堆炫耀文，你知不知恥啊？」

「那些貼了連結的商品，是不是回饋金連結啊？」

但千夏子有替她辯護的壓倒性多數的支持者。這樣的亢奮甚至讓她錯覺自己彷彿成了神明。

請陣痛中的孕婦畫下富士山，拍下來當成手機待機畫面，就會懷孕——千夏子在求子的過程中聽到有這樣的儀式，所以她距離預產期老早以前，就在準備生產的包包裡準備好紅色蠟筆和圖畫紙了。看到妻子在陣痛開始的痛楚中畫圖，丈夫想要制止，但千夏子還是為了部落格的粉絲，全心全意去畫。紅色的富士山，以及升上富士山的太陽，加上「求子成功」四個字。她甚至把這當成了自己的使命。這是為了寶貴粉絲的任務。

所以，她怎麼也料想不到這樣的情形。

就連持續了二十四小時的陣痛都令人喜悅，然而當助產師滿臉笑容地把夏紀抱給她看的瞬間——不對，她心想。

你不是我的孩子。

你到底是誰？

長達一個月，她沒辦法在部落格上報告孩子出生的消息。因為她不知道該如何形容這種心情。她只有滿腔異樣的感覺，覺得這一定是搞錯了。

之前她每天更新，因此也有許多粉絲擔心她。但人熱得快冷得也快，她們很快就找到別人當她們的「神」，改變信仰對象了。然後千夏子這才醒悟到，誰來當「神」都無所謂。什麼對自己方便，就去信什麼，人就是這種動物。

即使如此，千夏還是忘不了那幾個月的亢奮。就彷彿自己支配了一切，感覺無所不能。只有部落格，她絕對要繼續經營下去。只有部落格是千夏子的世界。

她想要設法讓一個月之間跌落谷底的排名重回寶座。但是她找不到可以更新的題材。她先前的內容是從不孕症治療到懷孕的紀錄，所以其實可以繼續更新育兒經當內容就好了。但是千夏實在無法認為育兒是件快樂的事——她無法認為夏紀可愛。沒有任何可以讓訪客覺得「好羨慕」的地方。

千夏子得知現在部落格正流行親子裝穿搭，便也跟風以「媽媽和女兒的親密穿搭」為題寫了篇文章。但千夏子沒錢買多少新衣，更不可能把自己矮冬瓜體型的照片擺在部落格上。結果只能把衣服掛在衣架上拍起來放上去，但一點都不吸睛。占據排行榜前幾名的部落客，每一個都擁有媲美模特兒的姣好身材和美麗臉蛋。

排名完全沒有上升的跡象。夏紀以前還願意穿一堆蕾絲的衣服，但最近也開始排斥這些衣服說討厭了。一點意思都沒有。

如果主動拜訪排行前幾名的部落格，留下留言，進行交流，或許也會有讀者看到而過來逛逛。但千夏子的自尊心不容許她這麼做。

她並不是想要在網路上交朋友。她只是想要再一次登上「神」的寶座。

＊＊

結束工作，在更衣室拿起手機一看，有一則簡訊。看到寄件人的名字，宇多野結子輕嘆一口氣。她決定等一下再回覆，從在百貨公司裡隨身攜帶的透明塑膠包取出自己的東西，裝進通勤的皮包裡。「辛苦了。」她以禮貌周到的聲音說，快步走向員工出口。自從當上店長後，難得輪到早班，她連一分鐘都不想浪費。

跳上公車，鬆了一口氣，再次拿出手機。她想在回家前先解決掉麻煩事。

「這是孩子做給我的餅乾。很可愛對吧？結子也快點生小孩，跟我家的一起玩吧！你都已經三十七了，再不趕快就遲囉！」

和照片一起傳來這段訊息的是木南夕香，結子任職的服飾品牌「intelligence」的客人。她是結子已經超過十年以上的老顧客，在結子接待的客人當中，是交情最久的一個。夕香以前在廣告代理店工作，是結子理想中的「職業婦女」，即使不是客人與店員的關係，也希望繼續和她交朋友——其實公司禁止店員私下與客人往來，但夕香是她唯一交換聯絡方式的對象。

兩人說好在彼此方便的頻率下，不勉強地往來，會一起去雜誌介紹而感興趣的餐廳吃飯。年長五歲的夕香說的話，總是能激發結子的上進心，引領她見識陌生的世界。

夕香即將請產假前，兩人最後一次一起吃午飯時，夕香笑吟吟地說：「我會立刻回歸職場，兼顧工作和育兒。我想讓孩子看到母親為事業打拚的樣子。我想這應該會是不錯的教育。」

就在夕香的育嬰假即將結束的時候，結子聯絡說好久不見了，要不要碰個面？因為如果夕香回歸職場，一定就沒時間見面了。然後又說夕香應該不方便出門，所以她去超市地下街買些熟食，帶去夕香家吃怎麼樣？夕香回覆請她一定要來。

「你什麼時候回去上班？」

結子放低音量問，免得吵醒好不容易在粉彩色嬰兒床睡著的嬰兒。她不經意地想到，夕香單身的時候，住的是單一色調的套房，但有了小孩以後，居家環境就變得色彩繽紛了。但喝著無咖啡因紅茶的夕香卻嗤之以鼻：

「我怎麼可能回去上班？孩子這麼小，這麼可愛，怎麼可能送去給別人帶？我又不是鐵石心腸的魔鬼。

我決定辭掉工作了。這還用說嗎？」

咦？結子僵掉了。

「你自己生了小孩就知道了。」夕香輕笑道。

「女人只有生了孩子才能幸福，我總算明白了。

結子，你也趕快結婚生小孩吧。

時間有限啊。」

「是啊。」結子點頭應和，有些失望：夕香以前不是這樣的。以前在提到這類纖細的話題時，夕香都會小心措詞的。因為夕香明白即使無意傷害別人，有時候某些情況，說出來的話也可能變成兇器。這要是以前的夕香，絕不可能對最近才剛被男友甩掉的朋友說這種話。

後來結子就不再主動聯絡夕香了，但夕香卻會定期傳訊息給她，大部分都是關於小孩的近況。自從半年前結子結婚以後，夕香動不動就訓她：「你最好快點生小孩。」

要是可以說「關你屁事」就輕鬆了，但兩人的關係最早是始於顧客與店員。即使是現在，夕香每年還是會來店裡消費三、四次，而且每次都會貢獻五萬圓左右的業績。兩人並不是普通的朋友關係。遇上問題以後，結子才痛切地瞭解到就是因為會發生這種狀況，公司才會禁止店員和顧客私下往來。

「餅乾看起來好好吃喔！夕香真是個好媽媽！」

結子想破了頭，最後輸入無傷大雅的回應，傳送出去。一陣疲勞席捲上來，她又嘆了一口氣。不經意地抬頭一看，對面坐著一個大腹便便的女人。看上去比自己年輕十歲的女人輕輕地把手放在肚子上，面露微笑。結子忍不住別開目光。

快點生孩子比較好。時間不等人這點事，結子自己再清楚不過。

她再次掏出手機，這次連上網路。

「無性婚姻　怎麼辦」

她從沒想過居然會有在公車上搜尋這種詞的一天。熟年夫婦也就罷了，她可是婚後才剛過半年的新婚啊！

也許是五歲的年齡差距太大了。而且是女方比男方大。眼淚幾乎就要奪眶而出，她咬牙忍耐下來。應該有辦法的。不可能會永遠一直這樣下去。結子拚命搜尋無法向任何人傾吐的煩惱，捲動頁面。她想要相信，裡面一定有答案。

結子是在朋友的婚禮上認識丈夫宇多野創的。

迎接三十五歲，結子心想或許這是最後一次以朋友的身分參加別人的婚禮，對依舊小姑獨處的自己感到有些落寞。

創是新郎那邊的賓客，但是在婚宴期間也一直在錄影，因此非常引人注目。他忙得就像婚攝人員，也沒有坐下來吃飯的樣子。新郎新娘到結子的桌位來拍照的時候，她若無其事地打聽了一下，得知創在影像製作公司工作，恍然大悟。

錄影期間，創幫忙其他賓客拿起他們的相機，笑容滿面地說：「來，笑一個！」光是那模樣，就讓會場氣氛活潑起來。不停地被人包圍拜託拍照的模樣，就好像遊樂園的吉祥物，惹人發噱。

前往續攤之前，結子去洗手間補妝，和從男廁走出來的他打了個照面。創的眼睛整個赤紅充血，淚眼汪汪，結子忍不住遞出手帕問：「你怎麼了？」他說「啊，沒事，不好意思」，邊擦眼淚邊苦笑。

「新娘寫給父母的信實在太感人了。

不好意思。居然在別人的婚禮上掉眼淚，真的很好笑呢。」

說完後，他驚覺失言似地瞪大了眼睛。

「別人？你不是新郎的朋友嗎？」

「啊，不，正確地說是朋友的朋友。我和新郎只有討論的時候見過面而已，這是第二次見面。

……可以請你保密嗎？

如果請外面的婚攝，就得另外付場地費給飯店。這樣對他們太過意不去了……」

也許是原本的嗓門就大，他的音量一點都不像在說秘密。結子有些不知所措，說：

「我不會說出去，不過你是職業攝影師吧？

其實應該要拿到正當的報酬才對，這樣對你不會太失禮了嗎……？」

結子還沒說完，創忽然滑稽地笑了起來。

「……有什麼好笑的？」

「啊，沒有，第一次有人這樣說。

每個人只要聽到我也在做婚攝，都會隨口拜託：那我結婚的時候也麻煩你了。

今天也不曉得聽到多少次這種話。

……我覺得你真的很有想法，覺得很開心，忍不住就笑了……」

他說，從西裝內袋掏出名片，遞給結子：

「我叫宇多野創！我在大學學長開的影像製作公司上班。手帕我想要洗過再還給你，如果你不嫌棄，下次可以一起去吃個飯嗎？」

爽脆的口吻和燦爛的笑容，很有運動社團男生的氣質，結子似乎可以想像他得到學長關愛的模樣。「好的。」她接下名片，珍惜地收進皮包時，許久在沒有利益得失的考量下，被一個人的個性所吸引了。

兩人一起吃過幾次飯，卻完全沒有要發展成喜歡或交往這類話題的跡象。也許是因為男方年紀較小，即使站在一起，感覺也像是一對姊弟，一點情侶的感覺都沒有。創看起來有點緊張，也不是因為和結子在一起的緣故，而是被結子挑選的餐廳氣氛嚇到了。創說他不太熟悉餐廳，結子便帶他去平常去的咖啡廳或義大利餐廳，但一進店裡，他便一反常態，變得安分拘謹。結子問他平常都在什麼樣的地方吃飯，他道歉說「我只會去家庭餐廳或連鎖居酒屋，對不起」，反而令結子感到過意不去。也許他把自己當成愛亂花錢的女人了。而且創的話題全是大學學長或工作，完全沒有在假日花錢娛樂的樣子。聽著他談起學生時代拍電影的事，因為實在太耀眼了，結子都快暈頭轉向起來。她從來沒有像那樣和同伴熱中投入什麼事，學生時代的朋友也只有幾個過年互寄賀年卡的對象，沒什麼好拿來當成話題的。

當她覺悟到或許沒有下次的時候，臨別之際，創在店門口開口說：

「下次——下次我們公司同事要一起辦烤肉會。如果結子小姐願意的話，要不要一起來參加？」

「我可以去嗎？……可是我又不是你女朋友。」

結子是那種非把事情弄個一清二楚才甘心的個性。如果沒指望，她希望對方明確拒絕，所以主動投下炸彈。結果創深吸一口氣：

「那可以請你當我的女朋友嗎！」

那聲音大到讓人想要吐槽：「你的肺活量是有多大？」走出餐廳的客人偷瞄他們，露出笑容。

「我的年紀比較小，或許會讓你覺得不夠可靠，可是我絕對會讓結子小姐幸福的！」

簡直就像求婚——結子一陣啞然，卻又真心覺得高興。

「請多指教。」

結子這麼回答，創大喊「太好了！」抱住結子，又急忙放手，道歉說對不起。

「我會把結子小姐介紹給我朋友！他們個性都很好，結子小姐一定很快就能跟他們打成一片的！」

當他這麼說時，結子應該只是純粹地為自己也可以加入他重視的夥伴而開心。她應該期待萬分的——卻沒想到竟會變成如此沉重的負擔。

「我回來了。」

明知道沒有人，卻忍不住如此喃喃。她與創結婚之後養成了這個習慣。一個人住的時候，回到住處一點都不感到寂寞，但她第一次發現，一個人待在兩個人生活的空間裡，竟是如此地令人心酸。

她在公車站前的超市買完東西，正在做晚飯時，手機響了。

「對不起！今天也得在公司過夜！」

看到丈夫的訊息，瞬間幹勁全失。早知道只有自己一個人吃飯，她就隨便弄個納豆白飯打發了，但她已經煮了南瓜、燙了蔬菜，晚飯都快準備好大半了。本來打算主菜做鋁箔紙烤鮭魚，但她已經沒有食欲了。她決定留下來做明天的便當，收拾善後，拿著前些日子買的書進浴室去。把熱水放到肚臍的高度，浴缸蓋子鋪上毛巾當桌面，打開那本《我想當媽媽！》。

單身的時候，她從來沒有具體地想過生孩子這件事。當然她知道年紀愈大，就愈難懷孕，但世上也有些人四十多歲生子，因此她以為只要進行不孕症治療，總有辦法。況且她認為整個社會愈來愈晚婚，「適婚年齡」這個詞都快沒人提了。所以當她在書店裡不經意地拿起不孕症治療的書，在裡頭看到「適孕年齡」這個詞時，大受震驚。

就算沒有「適婚年齡」，還是有「適孕年齡」。

「適孕年齡」是二十歲到三十五歲之間。

女人從卵巢開始老化。

這些令人震驚的文字，令她忍不住想要掩住眼睛。怎麼從來沒有人告訴我這些！她甚至湧出一股不知道該向誰發洩的憤怒。往後是女性也要投入職場的時代——整個社會營造出這樣的氛圍，然而女人要是真的追求事業，卻會被耽誤到無法生育的年齡，這太不合理了。

她把掛在牆上呈「母親葉」[1]形狀的溫度計放進浴缸裡。這是她決定要努力懷孕時，為了祈求好孕而買來的東西。網路上都在說，只要用這種溫度計來進行半身浴，就會容易受孕。這要是以前的結子，一定會視為無稽之談，嗤之以鼻，但現在她什麼都想嘗試。三十八度。不太熱不太涼，溫度恰到好處。她鬆了一口氣，心想這下子懷孕機率應該可以稍微提升一些，卻又想到：不，他們又沒做那種行為，根本沒有機率可言，又開始想掉眼淚。

婚前他們每次約會都會上床，沒想到一起生活後，竟再也沒有肌膚之親了。由於感情絲毫沒有降溫的前兆，結子反而是甜蜜地期待婚後天天見面，次數應該也會增加。

一起生活後的一個月左右，確實因為先前忙婚禮、蜜月旅行等等而累積了不少工作，彼此在家的時間配合不上，總是錯身而過。好一段期間，兩人甚至無法碰面說聲

「早」、「晚安」，不過就在這時，兩人總算同時休假了。

好久沒有在同樣的時間上床了，不特別意識到對方才奇怪。躺到床上，丈夫半乾的頭髮傳來與自己相同的洗髮精香味，裡面混合著他皮膚的氣味，讓結子再次體認到兩人成了夫妻。

丈夫熄掉燈光，輕輕地握住她的手，這一瞬間，愛意從心田滿溢而出，結子確信想要立刻觸摸對方的不只有自己而已。她把額頭按在丈夫的手臂上。能夠像這樣毫無防備地撒嬌的對象，他是第一個。只有丈夫絕對不會傷害她。結子對雖然比自己小，卻充滿了過剩包容力的創寄予完全的信賴。

平常的話，看到結子這個動作，丈夫就會撫摸她的頭，親吻她的頭髮。然而這時他卻忽然放開手說：

「……今天不行。我累了。」

然後背過身去，蜷起身體。

那拒人千里之外的態度令結子瞬間僵住，動彈不得，盯著拒絕自己的丈夫背影。被子傳來他的體溫，更令人難堪極了。結子不知道自己哪裡做錯了，但羞恥的感覺還是不斷地膨脹。

1. 一種景天科的多肉植物，中文稱為「落地生根」等。由於落葉邊緣會自行發芽，日本人認為有多子多孫之意，故稱為「母親葉」（Mother Leaf）。英文叫 Good-luck leaf（幸運葉）。

後來不管是在床上或外面，創都完全不碰結子了。

由於在家碰面的時間很短，結子渴望肌膚之親，好填補寂寞。即使叫自己別去在意，卻總是不知不覺間為此神傷。

她應該理解丈夫的工作很忙。影像業界的工時不規則，她記得以前創熬完一整夜又跑來跟她約會時，揉著眼睛笑著說：「如果想要追求完美，就沒有止境。」在公司連續住上一星期的英雄事蹟，她也微笑著聆聽。那是大學學長創業的公司，所以他想要仔細做好每一個案子的心情，以及一點失誤就可能失去客戶信賴、導致公司破產的擔憂，她也都完全明白——然而另一方面卻也因為如此，無法消化的情緒不斷地累積。

也就是：與那些「重要的夥伴」一起工作的創，對現在的狀況難道沒有不滿嗎？

工作跟我哪一邊比較重要？結子不想變成提出這種令人為難的問題的愚婦。但是「工作夥伴跟我誰比較重要」的質疑，卻是一天天不斷地膨脹。

創沒有時間和結子上床，然而不管工作再怎麼忙碌，與公司夥伴的家庭烤肉會或家庭聚會，他都會排在第一優先。當然前提是結子也一起參加，而且丈夫把這樣的時間也算在和妻子相處的時間裡吧。

但是只要和那些人在一起，結子總是感受到強烈的孤立。結子不屬於他們這群夥伴之一，而是「結子」與「他們」。而「他們」裡面，包括了應該是自己另一半的丈夫。

結子想起三天前才剛參加的烤肉會，一陣哆嗦。身體漸漸溫暖起來，冰冷僵固的心卻怎麼樣都無法融化。

跟他們在一起很不自在，首先是因為只有結子一個人年齡層與他們不同。就連創的學長都比結子小四歲，其他員工都比創還要年輕。穿衣品味和嗜好也都不同，雖然可以配合他們聊天，卻無法敞開心房。他們動不動就說「大人就是不一樣」，聽起來也像是在強調「你跟我們不一樣」，這是結子自我意識過剩嗎？

最大的原因，是他們比結子更年輕，卻每個人都理所當然地有孩子。從對話聽來，她可以猜出應該是奉子成婚，但這在最近已經變成天經地義的事了嗎？如果因為遵守先婚後有的觀念而無法懷孕，這樣會比較好嗎？結子甚至混亂到如此質疑起來了。

「阿創你們還沒有要生嗎？」

看到年輕太太把手搭在自己的丈夫肩上這麼問，結子的心臟都快跳出來了。她一方面嫉妒那女人，不希望她親密地亂摸自己的丈夫，卻又期待可以聽到丈夫的想法。這類話題在結子心中已經變成了禁忌。

「當然想生啊！我最喜歡小孩了。

可是小孩是老天爺給的，急也沒用啊。」

嗯，是啊，可是，那你為什麼後來完全不肯碰我了？結子湧出想要如此逼問的衝動，卻又不能在大庭廣眾之下提起夜間的閨房話題。

結子不想被看到慌亂的神情，正準備收拾吃過的盤子，瞬間腳一拐，失去平衡，伸手撐地。「你還好嗎？」創摟住她的肩膀扶起她，但結子想到創願意在人前像這樣觸摸她，在床上卻為了害怕誤會，連她的手都不肯牽，不禁惱怒不已。

她在熱水中輕輕撫摸扭傷的右腳踝。由於工作性質，她一直忍耐著穿高跟鞋，但或許已經到了極限了。她決定明天改穿平底鞋，寵愛一下自己。

只要一次就好，如果創可以像婚前那樣渴求她，光是這樣她就可以相信他了。只能解讀為丈夫是後悔跟她結婚了。懷疑他是不是在外頭花心，是她心眼太狹小嗎？公司裡有許多更年輕的妹妹，會不會現在他就正在跟其中之一上床——？

自己目前能夠做的，就只有不能再繼續衰老下去。做半身浴、攝取營養均衡的飲食、適度運動——然後上醫院。

考慮做不孕症治療時，她查到職場附近有家知名的不孕症治療中心。那是兩個月前的事了。她心想就算自己一個人去看診也好，在網路上預約，結果整個人傻掉了。最快的時間也要兩個半月以後。這段期間，她將會錯失兩次懷孕的機會，衰老兩個半月。這令她無比地恐懼，甚至連離開浴缸的力氣都沒有了。

＊＊＊

「既然叫人家不要把車停在門口，怎麼不管好你們的停車場！

「有些家長來接小孩，接了也不快走，才會造成別人的麻煩啊！還是怎樣？叫我把車停在投幣式停車格嗎？」

對不起——若月春花深深行禮。

事情的起因是開車來托兒所接小孩的家長把車子停在門前，堵住一邊車道，引發抗議。春花急忙跑去看，這時車主出現，春花請對方把車停在停車場，卻觸怒了對方。

「再說，要把孩子交給你這種沒養過小孩的年輕人照顧，真的很讓人擔心！至少把這些雜務好好處理好行嗎？」

對不起——春花再次行禮，瞥見圍裙的裙襬磨損綻開了。差不多該換新的了嗎？替換的圍裙乾了嗎？她心不在焉地想著。如果不轉移思考，情緒實在把持不住——她實在沒有自信控制好自己，生怕哪天會抓狂動手揍人。

目送發洩一通就走掉的母親，春花在返回三歲班之前，先去了一趟洗手間。她已經憋了快一個小時的尿，膀胱都快爆炸了。

從尿意中解放，洗手的時候不經意地抬頭一看，鏡中倒映出孩子般的臉孔。動不動就有家長酸她「好年輕」，而鏡中的臉蛋也確實是張娃娃臉。她只塗了防曬，畫了眉毛，幾乎沒上妝，所以或許更顯得稚氣。但就連這些都已經完全被汗水沖掉了。不過長成這樣也不是她願意的，而且她的實際年齡也已經二十七了，絕不是活該被人當小孩罵的年紀。再說，她也清楚即使好好上妝，也會引起其他的問題。以前有替母親來接小孩的父親說春花「長得跟最近的人氣偶像一模一樣」。光是這樣，隔天她就遭到各方圍剿：「濃妝豔抹，勾引家長」。結果不管她怎麼做，就是會招來不滿。

她已經做保育員這行七年了，說到怎麼顧小孩，她自信比一般母親更有經驗。但她們總是千篇一律地說：

——你沒有生過小孩，不可能懂。

她們到底把懷孕生產這回事當成有多偉大？母親是很偉大沒錯，但那應該是指「好好地」養育小孩的母親吧？只是稍微提醒一下，就在大庭廣眾之下潑婦罵街的人，到底哪裡偉大了？

春花認為所謂偉大的母親，應該是像她的母親那種人。父親在她懂事之前就死於車禍，後來母親獨力把她拉拔長大。那過程不知道有多艱辛，然而母親卻無怨無尤，也不曾遷怒他人。真的很令人敬佩。

由於母親必須日夜工作，春花是在二十四小時托兒所「兒童屋」由保育員帶大的。車站附近某棟大樓的一個樓層，是春花的第二個家。她到現在還是可以歷歷在目地想起入口右邊的牆壁，是一整片用圖畫紙做成的向日葵花田。那是一家未立案的托兒所，如今回想，相對於小孩的數量，保育員的數量壓倒性地不足，空間也很狹小。但是那裡讓她留下的，全是溫暖的回憶。

當然，無法和母親在一起，若說她完全不寂寞，那是騙人的。但保育員們不停地開導她，說母親是為了她而拚命在工作。

——春花的媽媽真的很了不起喔！

聽到這話，春花好開心又好驕傲，能夠毫不自卑地全心去愛母親。

她會選擇成為保育員，是因為想要變成那家托兒所的保育員那樣。她想要為外出工作的母親們提供一份助力。

其實她是想要在兒童屋工作的。但也許是經營不下去了，那裡不知道什麼時候關掉了。不過只要是托兒所，在哪裡工作都一樣。我要全力以赴。春花這麼下定決心，然而——

實際開始工作以後，她感受到的只有失望。

不管是母親還是保育員，女人說穿了就是女人。

回到教室，三歲班的導師「美美老師」正抱緊家長來接的幼童，發出肉麻的聲音說：「明天見喔！」美美老師都會神氣兮兮地向家長說明：「孩子回家以前，我都會像這樣來一段抱抱時間，最後確定一下孩子有沒有受傷、氣色怎麼樣。」不過那根本不是什麼了不起的行為。她只是在討好孩子，區別「喜歡的小孩」和「除此之外的小孩」罷了。而挑選的標準只有小孩喜不喜歡她。而孩子不管再怎麼小，還是會察覺老師喜不喜歡自己、哪個孩子被老師討厭。孩子們深信「老師說的就是對的」，完全不懷疑「老師討厭的孩子就是壞小孩」。

這樣的篩選不只是針對「孩子」，也對「家長」和「保育員」進行。

已經有不只一兩個保育員被美美老師整垮，逼到離職了。去年和春花一起擔任兩歲班副班導的保育員，也做到一半就辭職了。

「啊，春花老師，沒事了吧？」

聽到美穗這麼問，春花擠出最燦爛的笑容：

「沒事，總算解決了！」

「不好意思喔，要你去處理那種討厭的事。不過什麼事情都由我們資深員工出面的話，你們就學不到東西了。新人期間，什麼事都要當成學經驗，好嗎？」

「謝謝！」春花應道，內心猛烈地吐槽：「都做了七年還叫新人？」所謂資深，就是變成像你這種歐巴桑嗎？

這也是沒辦法的事，因為你除了工作以外，根本沒有人愛嘛。嘴上說得那麼了不起，但從來沒結過婚，更沒生過小孩嘛。最起碼要是不感受一下孩子對自己的愛，人生實在是寂寞到活不下去了吧。而且往後也絕對不會有男人來愛這種女人。

春花覺得內心懷抱著這種漆黑的感情，總有一天會被它吞沒，變成某種無法想像的怪物。可是她還不能辭職。再一下。再撐一下就可以走了。

在那之前，她必須繼續當個可愛的年輕女孩。

回到公寓小套房，春花直接癱倒在鋪著沒收的被子上。眼角餘光瞥見晾在窗簾軌上的衣物。替換的圍裙還有一條。不必趕著今天洗，明天洗還來得及。即使就這樣睡著也沒關係。她放下心來，躺在被子上，拿起回程在超市買的麵包和零食就往嘴裡塞。口中有食物的時候，她可以感受到幸福。否則她會被憤怒與孤獨、最後是被悲傷所吞沒，開始思考如何結束自己的生命。每天都過得這麼苦，為什麼非活下去不可？她想要一個理由，卻遍尋不著，心想那還是結束好了，開始上網搜尋方法。但搜尋「想死」，就會出現一大堆叫人回心轉意「不要死」的網站，然後她又開始覺得死掉很可怕，打消念頭，但想起明天要去保育園又痛苦萬分，陷入無限輪迴。

想要讓腦袋放空，吃東西還是最好的。春花這麼想，啃著菠蘿麵包，手伸向洋芋片袋子。

即使饑餓感消失，覺得飽了，渴望食物的欲望還是停不下來。就算腦袋清楚等一下一定會吐，卻又覺得今天放縱一天就好。而這個「今天一天就好」已經持續了一年之久了。自從母親肺炎惡化過世以來，她的異常食欲就像個無底洞。

吃完三個麵包、一條吐司、一包洋芋片後，春花衝進廁所。她不是害怕變胖才吐的，只是很難受才嘔吐。她好幾次陪著身體不適的園童去廁所，跟他們說吐掉就輕鬆了，但他們就是吐不出來，說很難受。春花不懂他們的感受。她發現自己是那種吐了會輕鬆的人，也自然地學會要怎麼樣才能輕鬆地嘔吐。柔軟的麵包和零食可以輕鬆逆流而出。而且只要灌進大量的水，就不怎麼難受。

不過抱著馬桶的期間，淚水一直流個不停。我到底在做什麼？自己簡直就像廚餘——她陷入自我嫌惡。今天是最後一次了。明天起不要再這樣了。她下定決心，然後知道自己一定又會反悔。

全部吐完後，她仔細地刷牙。她聽說過胃酸會溶解牙齒。明明想死，卻害怕牙齒溶掉。她實在不懂這其中的矛盾。

清爽之後又嘴饞了。但她知道就算吃了還是會吐掉，總算是克制住欲望，倒進被窩裡。然後她取出手機，連上網路，打開存在書籤裡的論壇。

「炮轟誇張媽媽部落客討論串・28」

昨天才剛開了新的討論串，卻已經有了近三百則留言。她回溯先前的留言，一則則看過。最近在這個版上成為炮轟目標的，是信奉天然食品的主婦的部落格。一篇標題叫「對托兒所氣到不行」的文章完全反映出怪獸家長心態，引來撻伐。

「我家的孩子從來沒有吃過糖果、口香糖或巧克力，往後我也不打算給他吃。然而跟我孩子一樣讀五歲幼兒班的女生特地在假日跑來我家，送他情人節巧克力。我們平常偶爾也會跟那家人一起吃午飯，但這實在是把我嚇到了，我向那女生的母親抗議說：『居然送別的小孩這種有毒的食品，太沒常識了。』我也向托兒所申訴，叫他們應該禁止情人節送巧克力。可是帶班的保育員卻說『托兒所以外的事，我們無法干涉』，我真的很生氣。

為什麼不能教育家長不要讓小孩吃有礙兒童成長的零食？這樣還算是兒童保育的專家嗎？」

這母親太可怕了，春花蹙眉。她想像如果是自己遇上這種家長，忍不住對這名班導保育員深深同情。

「哇，那個朋友的小女生太可憐了！」

「在真實世界絕對不想跟這種媽媽交朋友。」

「可是這女人自己不是吃一堆巧克力、冰淇淋、蛋糕還有市面上的零食嗎？然而卻不准兒子吃，太殘忍了。」

「保育員有夠衰，怪獸家長無誤。」

斬釘截鐵的留言為春花出了一口惡氣。她覺得自己的夥伴就在這裡面。拉動頁面的指頭停不下來。

「這個人就住在我家附近。她在部落格上沒有寫出本名，不過應該就是我朋友的小孩上的托兒所家長。就跟大家猜的一樣，媽媽友都很討厭她。」

因為有現實中認識的人登場，討論串變得更火熱了。春花發現這就是討論串會變得這麼長的原因。

「認識的人登場！」

「快點提供八卦！」

「我想聽內幕！」

「小心不要被肉搜！」

本人知道這樣的討論串嗎？如果知道，不出幾天就會把部落格關閉吧。過去春花也看過好幾次這樣的發展。

——自作自受。

這時手機響了，她嚇了一跳，失手弄掉了手機。

螢幕顯示「野村光」。

她急忙撿起手機，輕咳了幾下，清清喉嚨。為了從怪物變回二十多歲女生，她深深吁了一口氣。

「……喂？」

聲音有點沙啞。

「春花？你睡覺了吧？可以講電話嗎？會不會很累？」

春花對著他甜蜜的嗓音嬌滴滴地回答：「不會呀。」

「下次你什麼時候休假？週末可以見面嗎？」

春花從背包掏出記事本，翻開頁面。

「下個週末我休假。錯過這次，好一陣子週六都沒休了。」

這也都是美穗排的班。美穗總是只依自己的方便排班表，沒有人敢抗議。

「這樣啊，那星期天我們碰個面吧？

我得再確定一下，不過你要不要跟我回老家一趟？

我想要把你介紹給我爸媽。」

……萬歲！春花按捺住想要大喊的衝動，回道：「真的嗎？好開心。」

「太好了。

那時間什麼的，我再聯絡你。」

「晚安。」春花毫不鬆懈地扮演到最後一刻，掛掉電話。

就快了——她鼓勵自己。就快要可以辭掉托兒所了。

母親因肺炎住院，一眨眼就過世了。春花完全沒想到母親才五十多歲就撒手人寰，突如其來的離別令她無法接受。她一直以為才剛要開始而已。才剛要開始孝順母親而已。她也慢慢存了一點錢，想要帶母親去旅行。只要這麼想，不管工作遇到多討厭的事，她都能撐下去。然而這個心願卻連一次都沒能實現。

母親白天做大樓清潔人員，晚上到超商上班，忙得像顆陀螺。春花好幾次勸她差不多該減少工作量了，母親卻笑說她喜歡工作。住院的時候，醫生責罵說是過勞。

為什麼要把自己累成那樣？

理由在母親死後揭曉了。整理遺物時春花才知道，母親早在死前就已經把自己的墓準備好了。發現母親只希望直到最後一刻都不要給女兒添麻煩，春花才真正體認到母親過世的事實，流下淚來。

沒有往來的親戚，也不知道外祖父母住在哪裡，春花發現自己孑然一身，害怕起來。萬一現在發生大地震，自己被壓在這棟老公寓底下，也不會有人來找我吧。沒有人會擔心她是生是死。一想到這裡，她害怕起來。必須有個家庭才行——毫無理由地，本能如此渴望。

很快地，春花逛起婚友聯誼網站。春花從來沒有跟男生交往過。她沒有那種閒工夫。她一上高中就開始打工，只對賺錢感興趣，完全沒有玩樂的時間。

但是這麼多聯誼活動，她不知道該參加哪一個才好，而且處在這麼多人當中，她也不知道該說什麼好。

在這些活動裡面，她注意到一場「小鳥咖啡廳聯誼」。

這個企畫的主旨是在可以接觸小鳥的咖啡廳喝茶聊天，男女都是各六名，人數不多，讓她可以稍微積極地想：這樣的話，即使對話中斷，或許也不會太尷尬。

她實際報名參加，也許是因為人數不多，度過了一段和樂融融的時光。有個自稱鳥類阿宅的男生逐一說明店內各種鳥類的名稱，並詳細介紹特徵，但大家的目的不是來看鳥，而是認識異性。場子變得有些冷。

「若月小姐喜歡鳥嗎？」

這時一個男生問春花。他穿著水藍色直條紋襯衫、西裝外套，看起來乾乾淨淨的。野村光。春花看了一下別在胸袋上的名牌。

「啊，對。

不過或許我最喜歡的是兔子。我工作的托兒所有養兔子。」

春花這麼回道，對方看著手上的個人檔案笑道：

「你是保育員呢。小朋友精力充沛，每天一定都很辛苦吧。

我也是小學老師，總是被小孩子的體力搞得招架不住。」

原來如此，聽到對方是老師，就明白為什麼他會有一股可靠的氣質了。長相不是特別出眾，但很端正，個子也滿高的，應該有一百八十公分，讓人奇怪他怎麼會出現在這種場子。

「每天工作都很忙，沒有機會認識朋友，所以我才會來參加。」

他似乎看穿了春花的疑問，靦腆地解釋，一笑就顯得有點稚氣。他說他三十二歲，但態度不會高高在上，容易親近。

一起吃聯誼限定的甜點、進行與文鳥和鸚鵡互動的活動之後，春花心想如果對象是光，她會想要繼續碰面。對方似乎也一樣，最後彼此交換聯絡方式後，光邀請：「要不要一起去喝個茶再走？」兩人一起去其他咖啡廳喝咖啡，聊彼此的工作，約好下次再見面。這樣的邀約持續了幾次，一個月前，光正式要求希望以結婚為前提交往。

以結婚對象而言，光無可挑剔。

光說希望婚後春花可以辭掉工作在家，他也有足夠的經濟能力支持。

只差一步了，春花鼓勵自己。

絕對不能讓他看見自己的黑暗面。不能讓他幻滅。

不管怎麼樣都不能對他吐露在托兒所累積的對家長和上司的不滿和怨言——他對自己的工作感到驕傲，並相信春花也是如此。

只差一點了，只要忍耐到結婚就行了。

春花這麼告訴自己，沉潛在網路世界裡尋求慰藉。

*

「今天可能已經沒有客人了。」

千夏子正在補充購物袋，背後傳來打工領班的聲音。

「站前的超市好像開始每星期一下午三點舉辦雞蛋特賣。我們家也有收到傳單。你們家有嗎？」

「不，沒有。難怪今天客人這麼少。」

「你可以先下班了。帶孩子很辛苦吧？」

還有五分鐘才三點。領班的班表從三點半開始，但她最近都像這樣提早過來，對許多人說可以先走了，她來接手就行了。千夏子不小心聽到新進員工在說領班可能想要多賺一點。似乎是她女兒搬回家裡了，可能會離婚。

要是像這樣動輒被縮短工時，千夏子也很吃不消，但又不想引發多餘的爭吵。她行禮道謝。

她跨上自行車，思量這多出來的一小時空白該如何打發。先回家煮好晚飯再去托兒所接嗎？萬一被發現她沒有立刻去接小孩，不曉得會被說什麼，但她只想盡量和夏紀分開。

「上次謝謝你了。」

背後傳來聲音，千夏子回頭一看，之前她說明雞蛋賣場位置的母女正微微偏頭對著她微笑。

「已經下班了嗎？」

「啊，對。」千夏子應著，迅速用手指梳理凌亂的劉海。今天對方也化了全妝，不管從任何角度看去都完美無缺。

「這樣說或許很冒昧，不過如果你不嫌棄，要不要來我家坐坐？」

突然的邀約令千夏子一驚，反問：「咦？」對方害羞地笑：

「其實上次我看到你帶著孩子，年紀好像跟我家的差不多。

我才剛搬來這裡，也沒有朋友，想要明年開始讓孩子去托兒所。前些日子遇到問題時，承蒙你好心告訴我，我真的很開心。

如果你願意，我們可以交個朋友嗎？」

千夏子目不轉睛地盯著對方羞赧的臉。如果自己擁有這樣一張臉、這樣一副好身材，就會擁有不同的人生嗎？

「我最近剛搬到那邊那棟公寓，離府上近嗎？」

她指著站前的高樓公寓說。那是三年前剛落成的大廈公寓，千夏子家的公寓也有收到廣告傳單。她記得當時她覺得那是他們家高攀不上的豪宅，隨手就把傳單丟了。

如果能住在那種房子，一定會有用不完的部落格題材。乖僻的想法讓她一陣厭惡。但下一瞬間她靈機一動。

——拍她家的照片，當成自己家放在部落格上就行了啊！

看起來人很和善的對方微微行禮說「我真的太冒昧了，對不起」，拉起女兒的手就要離開。可能是以為千夏子不答話，是因為覺得造成困擾了。

……部落格題材要溜走了。

「我很樂意！」千夏子叫住對方。「呃，你願意跟我做朋友，我真的很開心。我很想去坐坐。」

「我鼓起勇氣真是做對了！」笑得像朵鮮花的她，自稱高木柚季。

第二章

*

千夏子在超市休息室邊啃麵包邊看部落格，發現最新一篇文章有三則留言。可能是廣告，不要太期待——她邊告誡自己邊打開來。

——全是新訪客的留言。胸口暌違許久地一陣火熱，她甚至忘了呼吸，盯著螢幕。

「我訂閱你的部落格了！期待以後的更新！」

「我結婚以後也想要住在這樣的房子！好嚮往！」

「景觀好棒，好迷人！」

千夏子輕吐一口氣。她興奮極了。這就是我想要的，她想。

「標題：我搬家了！

其實最近我搬家了。

一直很忙碌，沒空更新部落格，真對不起大家。

房間還沒有打理好，不過我想要一點一滴打造成讓全家人覺得舒適愜意的空間。

會決定搬進這裡，最重要的還是客廳窗外的景觀！

我用照片來和大家分享！

外子和女兒也都很喜歡這裡，順利地踏出新生活的第一步。

希望以後我們一家永遠都是這麼地親密溫暖。

mama」

從柚季家回來以後，千夏子立刻更新了這篇文章，附上在她家拍的一張窗景。連自己都覺得拍得太美了，沾沾自喜。

星期五去托兒所接夏紀回家的時候，千夏子依照約定，用自行車載著夏紀，趕往柚季住的公寓。她向夏紀說明今天要去新朋友家，夏紀問：「那個飯店？」住家周圍超過二十層樓的大廈公寓很少見，夏紀總是叫它「飯店」。似乎是因為很像去年和公婆一起去旅行時住的飯店。確實，有管家的大廳櫃臺和千夏子住的廉價公寓完全不一樣，所以也實在不能笑夏紀。要找柚季的時候，她緊張到手都發抖了，也不知道該怎麼操作門鈴，一名後來的男住戶告訴她操作方法時，她羞恥到臉都要噴火了。

來到二十三樓的邊間，進入客廳時，首先映入眼簾的是眼下一覽無遺的街景。萬里無雲的晴朗天空底下，並排著玩具般小巧的人家。柚季居然每天都看著這麼棒的景色生活嗎？——從她的住處可以俯視整個市街。

「……太美了。」

千夏子好不容易才擠出這句話。

夏紀躲在千夏子身後，受驚似地全身僵直，安安分分的。這孩子本來就怕生又話少。夏紀在千夏子面前總是意見一堆，然而一碰到外人，就會突然安靜下來。這孩子總是我行我素，自己玩自己的，不肯聽別人的話，缺乏協調性，總是讓千夏子頭痛不已。為什麼我家的小孩會是這副德行？——拜託，在柚季面前可要乖乖的，不要哭鬧。千夏子祈禱著。她不想在柚季面前丟臉。

但柚季的女兒小杏拉起夏紀的手說：「我們一起去讀繪本！」而夏紀也安靜地聽從，千夏子見狀暫時鬆了一口氣。居然肯乖乖跟第一次見面的孩子玩耍，真難得。

「小杏能交到可愛的朋友，真是太好了。成天關在公寓裡也不好，但是去公園，媽媽們都已經有了自己的圈子，我們很難打進去。真的很謝謝你今天過來。」

柚季笑道，在圓桌擺上紅茶和點心，並催促千夏子也在沙發坐下。她家東西很少，非常簡約，一點都不像有小孩的家庭，卻不可思議地十分溫暖。色彩主要是以白色和原木色為基調，用坐墊和小物等增添暖色系的色彩。端出來的茶杯也是北歐品牌，造型很可愛。即使住在這樣的大廈公寓裡，也不會佈置得雜亂俗麗，讓人很有好感。

「我才要謝謝你。」

小杏長得跟媽媽一模一樣呢。以後一定會變成一個大美女。」

柚季笑道：「才沒有呢。不過謝謝你稱讚。」

與茶杯成套的小碟子上放著杯子蛋糕，千夏子本來伸手要拿，又回心轉意把手縮了回去。她差點忘了今天來這裡的目的。

「……我可以拍張照嗎？

這真的很可愛。」

「當然可以。

那杯子蛋糕是我跟小杏一起做的。」

千夏子道謝，從皮包取出手機，點開應用程式拍照。她改變構圖，連拍了好幾張，柚季佩服地探頭過來看：「最近的手機畫質真好呢。」

「你不是用智慧型手機嗎？」

「……我辭掉工作以後就沒再用手機了，所以只用過舊型的手機。」

千夏子想起這麼說來，柚季遞給她的便條紙上寫的是室內電話號碼。千夏子和托兒所的媽媽友交換過聯絡方式，但全是手機號碼，幾乎所有的人都使用智慧型手機。彼此傳照片什麼的時候，如果只有自己不是智慧型手機，就會特別麻煩，招人厭，所以智慧型手機是不可或缺的。就連大人都會為了這點小事遭到排擠，小孩子一定更辛苦。從這個意義來說，或許柚季也很難交到媽媽友。千夏子想到一個點子，提議說：

「要不要一起拍張合照？

下次來玩的時候，我把照片印出來給你。」

這是可以堂而皇之地拍到柚季和小杏的照片的機會。把她們兩個當成自己和夏紀，放在部落格上——光想就令人雀躍不已。當然，臉部會用圖貼之類的遮起來，但一定還是遮掩不了「美女媽媽和女兒」的氣質。一定立刻就會引來訪客的羨慕。

「可以嗎？不會很麻煩嗎？」

「不會的。用我們超市的機器，兩三下就可以印出來了。

……機會難得，就當作交朋友的紀念，拍一張吧。」

柚季毫不起疑地說「真開心」。四個人坐到沙發上，把手機放在圓桌上設定好自動拍照，擺好姿勢。「感覺好像變回學生時代了。」這樣笑道的柚季實在太單純了，讓千夏子忍不住輕笑起來。有錢人真是悠哉到家。因為過得太穩定了，所以從來不會去懷疑別人、為生活煩惱吧。照片上的柚季的笑容，實在是過度不設防了。

後來千夏子不再客氣，拍了好幾張小杏和柚季及室內的照片。她已經得到要送照片給兩人這個冠冕堂皇的理由，不會引來懷疑。

告辭的時候，柚季說「請你帶回家吃」，包了杯子蛋糕和紅茶葉給她。她說千夏子稱讚好吃，讓她很開心。回家以後千夏子搜尋紅茶的品牌，發現一百公克要價將近三千圓。這價格是她平常喝的黃色包裝的茶包多少倍？

回家以後，只是看著資料夾裡的照片，千夏子就能成為那棟大廈公寓的居民。只是捲動照片，內心便怦然心動不已。這裡頭充滿了理想的人生。

柚季連手機都沒有，一定也不熟悉網路。她一定不會發現千夏子有部落格。可以放心地公開文章。

今天回家以後，來寫一篇媽媽跟女兒的穿搭文吧。訪客看到柚季和小杏，會怎麼說？還得回覆之前的留言。休息時間再多都不夠用。

「遇到什麼好事嗎？」

聽到聲音抬頭一看，打工領班正走進休息室裡來。「沒有啊。」千夏子應道。領班在千夏子對面坐下，把身上的托特包往長桌上一扔。

「你來得好早。

還不到上班時間……」

千夏子說著，望向牆上的壁鐘。距離換班時間還有三小時半。

「我請店長增加我的時數了。

我那個笨女兒跑回娘家吵著說要離婚。她是全職主婦，所以我也不能把她趕出去吧？

外孫也正在花錢的年紀，所以我想趁能賺的時候多賺一點。」

領班揉著惺忪的眼睛大口喝罐裝咖啡。是進休息室前買來的特價品吧。上午千夏子結帳過好幾罐。一罐六十五圓。應該非常甜。

「我完全沒聽說他們夫妻感情很差，所以真的嚇了一跳。我女婿滿會賺錢的耶。真是，最近的年輕人，動不動就吵分居、鬧離婚，說得那麼容易。要是他們可以復合就好了。

你跟你先生沒問題吧？感情好嗎？」

千夏子沒想到會被問到這種問題，一塊麵包哽在喉嚨裡。她用忙碌的早晨勉強抽空裝進水壺的茶水沖進胃裡。

「我們家感情很好啊。也幾乎不會吵架。」千夏子應道。

「真的嗎？好好喔。哪像我家，老公真的很邋遢，每天都不曉得要唸他幾千遍，唸到我嘴巴都痠了。」

千夏子客套地笑，在心中訂正：不是不吵架，只是避免吵架而已。信二是個認真的人，說起話來總是邏輯分明、無懈可擊。有時候千夏子也覺得他的理論未免對他太方便了，卻又無法用邏輯去駁倒他。被信二連珠炮似地轟炸，結果千夏子只能道歉說是自己不對。與其如此，從一開始就照著他說的做，傷害還比較小。正確地說，或許這應該也不能說是感情恩愛，但千夏子沒有義務向領班報告。

回家以後就更新文章。

千夏子全靠著這份期待撐完下午的工作，在領班催促下，提早一小時去托兒所接夏紀。或許很單純，但只要有了期待，踩自行車的腳也變得輕盈許多。下班時間提早了一些，這時候也讓人覺得剛剛好，可以不必遇到平常總是同一個時間接小孩的媽媽友就回家。

然而一回到家，手機就響了——是池上惠打來的。惠難得會打電話找她。媽媽友們一起去喝茶的時候，最近也都不邀千夏子了。她有了不好的預感。

「榎本太太！你怎麼一下就跑了！」

才剛接起電話，就聽見惠的怒吼。「對不起，可是怎麼了？」千夏子問，但惠依舊氣呼呼的：

「什麼怎麼了！

你們家的夏紀弄傷我們家喜姬，卻連聲道歉都沒有就把人帶回去，你是什麼意思？還故意提早來接，真不敢相信！」

「弄傷喜姬？什麼意思？」

千夏子去接夏紀的時候，老師什麼也沒說。

惠說夏紀今天也擅自跑去院子，在養兔子的小屋玩耍。喜姬追上去想要制止，結果夏紀扭傷了喜姬的手臂。

「對不起，沒有人跟我說……」

「美美老師不是總是再三叮嚀嗎？夏紀老是一個人亂跑，很傷腦筋。可是你都不管教小孩，才會發生這種事！

夏紀也是，居然隱瞞自己做的壞事，真的太過分了。不說話的小孩，真的不曉得心裡頭在想些什麼。

喜姬哭著說，我去接她以前，她連對老師都不敢說呢。你要怎麼負責？」

托兒所發生的事，向我抗議又能怎樣？千夏子想要反駁，卻把話吞了回去，立刻詢問惠把喜姬帶去哪家醫院看診了？但惠卻說她去只會造成麻煩，不要她去探望。千夏子打電話去托兒所，美美老師也說了一樣的狀況，建議她明天配合惠帶喜姬去托兒所的時間，向對方道歉。千夏子對著電話行禮說明白了。

一掛斷電話，千夏子立刻火冒三丈。回頭一看，夏紀正在看她。

「你為什麼不說你把人家弄傷了？你以為不說就沒事了嗎？」

她抓住夏紀的肩膀搖晃。瞬間夏紀仰起頭來，放聲大哭——想哭的人是我才對！千夏子大叫：

「早知道就不要生你了！

你才不是我真的小孩！」

千夏子丟下夏紀，衝出家裡，騎著自行車趕往車站。明天道歉的時候，送個禮盒比較好吧。這附近有賣禮盒的店，車站大樓裡的名店街是最近的地方。

妝早已脫光的臉上淌著汗水，千夏子站著踩自行車。眼前聳立著柚季住的大廈公寓，就好像在嘲笑千夏子。窩在那樣低矮的地方，到底是在拚命什麼？現在從大廈的窗戶往下看，千夏子一定就小得像豆子一樣，不管她在想什麼，都不值得在乎。可是我有朋友住在那裡。只有這件事推動著千夏子的背。

夏紀累得睡著後，千夏子在亂成一團完全沒收拾的住處裡，把禮盒藏進衣櫃，免得被信二發現。她想瞞著丈夫處理掉這件事。夏紀的錯，就是千夏子的錯。

她覺得一坐上沙發就完了，會一直到早上都沒辦法動彈，鞭策自己走到洗衣機，清洗髒衣物。聽著洗衣機轟隆運轉的聲音，她喃喃「好累」，就這樣當場蜷縮成一團。五分鐘就好，她想休息一下。她從口袋掏出手機準備設鬧鈴，發現收到幾則訊息。萬一是惠怎麼辦？她提心吊膽地打開，但都是部落格有新留言的通知。手機又震動了。是有人傳私訊到部落格。

「標題：冒昧有事想要請教」

那有些沉重的口吻令人擔心。她丟下留言，先打開這則私訊。

「我失眠睡不著，一直上網，看到了這個部落格。

我是第一次拜訪，卻傳了這麼沉重的訊息過去，真對不起。

我一直為了無法懷孕而煩惱，漸漸迷失下一步該怎麼做了。

我今年三十七歲，還沒有去醫院檢查，但不敢要求丈夫一起去。丈夫小我五歲，所以覺得沒什麼好急的。我從兩個月前就已經預約了不孕症治療中心的門診，如果不向丈夫開口，就得一個人去了。

不過丟臉的是，婚後我們幾乎沒有性生活，所以很煩惱這樣可以談什麼不孕症治療嗎？可是如果要生小孩，我這個年紀必須先去醫院好好檢查一下，否則會很困難。

……抱歉一直講同樣的事。

我不知道能不能問這種問題，不過格主ｍａｍａ是怎麼向你先生開口的？

如果不妨礙的話，請告訴我。

因為沒辦法向朋友傾吐，我真的很煩惱。

ＹＵＩ」

千夏子無意識地露出笑容。

——怎麼，原來還有人比我更可憐嘛。

雖然婚後都已經過了九年，但每個月丈夫都會向千夏子求歡數次。千夏子雖然也會覺得很累很煩，但比起剛結婚立刻就沒有性生活，這肯定是奢侈的煩惱。

千夏子小心謹慎地重讀文章。一字一句，細細品味傳私訊給她的對方心情。她到底希望自己說什麼？她渴望什麼？解讀出這些，是讓千夏子體認到自己的處境比她幸運多少倍的作業。

＊＊

「咦？宇多野小姐，難道你有喜了？」

結子正在化妝間洗手，同一樓其他品牌的店長出聲問道。「咦？」她抬頭看對方，對方面露怪笑地看著她。

「因為，喏——」

她指著結子的腳。

「你以前都穿高跟鞋，最近卻都穿平底鞋不是嗎？而且衣服也是，好像變得比較寬鬆了？

大家都在說喔，說你絕對是有喜了。」

瞬間，表情繃住了。大家是誰？這傳聞擴散到哪裡去了？

「只是稍微扭到腳而已。休假的時候我跟外子去參加烤肉會，一不小心——」

結子重新擠出笑容回答。身在職場，結子總是覺得自己就像個女演員。用真實的自我是應付不來的。

「咦？這樣嗎？是喔，太可惜了。

可是千萬要小心喔。畢竟已經不年輕了。」

「謝謝。」結子佯裝若無其事地離開——就是這樣，女人才噁心。結子撇開自己也是一樣的雌性動物，憤憤不平。啊，女人就是這副德行。

氣候已經變得相當暖和，走在戶外幾乎會冒出汗來，所以午飯她本來打算在休息室吃。然而她失去踏進八卦溫床的勇氣，提著便當袋前往公園。雖然擔心紫外線，但也因為有紫外線，絕對不會碰到在百貨公司上班的其他女人。她決定快點吃完，剩下的時間在後場優閒度過。如果在那裡也感覺到目光，就回店裡工作吧。那樣還比較輕鬆一些。

結子坐在噴泉前面的長椅，打開便當盒。裡頭裝的都是昨晚的剩菜。光是看到這些菜，結子就想嘆氣。昨天丈夫也很晚才回家。她一直等到極限，但也不能影響隔天的工作。早上起床看到不知何時回家的丈夫睡臉，就這樣直接出門了。還沒有機會提起不孕症治療的事。

她索然無味地把飯菜送進口中咀嚼，卻食不知味，連一半都沒吃完就不吃了。明明應該是她鍾愛的服飾工作，現在卻連站起來都很費力。為什麼女人只要聚在一起，就會變了個人？掌握自己的位置，卯起來把地位比自己高的人踹下來，嘲笑地位比自己低的人，好獲得安心。

結子現在會對此如此耿耿於懷，一定是因為她自認為低人一等。如果自己幸福的話，不管別人說什麼，都能當成耳邊風——當別人都在八卦她嫁給比自己小的男生時，她可以把這些閒話變換成正能量，認為她們是在嫉妒。

她受不了在外頭待上太久，留下三十分鐘休息時間，返回店裡。然而店裡卻來了個不速之客。是丈夫前輩的太太。名字叫什麼去了？記不清楚。只是看到丈夫的朋友，她就心生厭惡，連自己都覺得自己這個妻子太糟糕了。

「您好。」

我是女演員。結子這麼告訴自己，擺出笑容。對方注意到結子，笑道：「你好。」露出酒窩的臉頰看起來有點緊張。

「我聽阿創說他太太在這裡工作，一直很想來逛逛。雖然很貴，可是衣服都好棒。」

「謝謝您。」

對方直呼丈夫的名字，讓結子有點介懷，但她用眼神示意年輕員工去休息，走到她旁邊。

對方說想要買參加婚禮的洋裝，結子推薦了幾款商品。因為是平日，沒什麼客人，感覺無法逃離她。

對方四處逛了逛，唐突地看向結子的臉驚呼：「咦？」

「怎麼了嗎？」

對方誇張地歪頭：

「你是不是很累？正職工作果然很辛苦呢。哪像我，孩子出生以後就一直是全職主婦，就算想要工作，也不曉得要做什麼好。

阿創最近看起來也很累，我很擔心。

阿創在家裡有沒有什麼不對勁的地方？」

「……沒有，他都一樣啊。」

結子打消第一個想到的性生活問題，如此回答。

「那就好。

他真的幫了我很多，所以我也想盡量照顧他。不過我能做的，頂多就只有送飯去公司而已。

阿創人很好，我真的好羨慕你。結子小姐能嫁給他，真的很幸福。」

「哪裡。」結子喃喃，很介意什麼叫幫了她很多？

「怎麼這樣說！

不好好珍惜阿創，我可要搶走他囉？

……結子小姐也要多留意喔。」

對方說道，天真無邪地笑了。

一整個下午，結子只為了甩開全樓層的視線和女人的閒話，埋首拚命工作。幸好傍晚接連有客人光顧，替她們挑選合適的衣物期間，可以不必去想多餘的事。然而一離開店裡，結子便耗盡了全部的精力，連回家的力氣都沒有了。她坐上公車，想要盤算晚餐要吃什麼，腦袋卻完全無法運作。肚子很餓，卻不知道想吃什麼。反正丈夫今天一定也會因為工作而晚歸，吃個茶泡飯什麼的將就一下好了。

拔起陷在座椅的身體似地下了公車後，結子在馬路另一頭發現丈夫的身影，激動起來。

「阿創！」

她用連自己都嚇了一跳的大聲叫住丈夫。丈夫回頭，發現結子，輕輕揮手。

結子穿過天橋跑過去：

「今天你上班？」

「嗯。其實今天本來休假，可是無論如何都得做完……」

「這樣啊，辛苦了。

晚飯呢？想吃什麼？」

剛才的疲勞一掃而空，結子覺得現在的她可以用衝的跑回家。但白天聽到的社長太太的話在腦中閃爍。她想做點什麼特別的料理讓丈夫開心。這是身為妻子小小的自尊心。

「嗯，肚子不太餓，不吃了。」

「咦？你吃過了嗎？」

「……沒有，不過沒什麼食欲。」

結子知道創平常的食量，所以無法就這樣聽信他說不餓的說詞。創是那種吃過晚飯，一個小時後又會喊餓，跑去超商買零食的人。

——你是吃了人家親手做了送去公司的飯菜吧？

結子把逼問的衝動用力按捺下來。如果創沒有做虧心事，就不需要隱瞞。如果在他的態度裡看見一絲隱瞞，她實在不可能承受得住。

「最近工作怎麼樣？

今天做了什麼？」

結子改為這麼問，結果丈夫僵了一下說：

「……也沒做什麼，就普通啊。」

「……普通？」

「就算跟你說，你也聽不懂。」

「我連聽都沒聽到，怎麼知道懂不懂？」

結子回道，創輕嘆了一口氣說：

「昨天學弟的電腦rendering的時候當機，作業中斷。結果今天得全部重來，他說萬一再發生同樣的狀況，不知道該怎麼處理，所以我也去公司幫忙。

那現在你聽到了，有什麼建議嗎？」

創責備似地列出一大串天書般的詞彙，結子忍不住道歉「對不起」。

「我不太想在家裡談工作的事。

抱歉。」

丈夫快步往前走的背影，讓結子感到寂寞。自己到底是什麼地方讓他這樣不耐煩？結子不知道該如何面對彷彿變了個人般冷冰冰的丈夫。

想要設法縮短距離。結子如此渴望，無意識地挽住丈夫的手臂……然而他卻甩開結子的手回頭：

「我真的很累。」

結子若無其事地跟在旁邊，卻被一股滔天巨浪般的悲傷給攫住了。

創是完全沒有察覺結子的心情，還是明明發現了卻假裝不知情？從丈夫的表情看不出來。

——就算無法每天一起吃晚飯，你也不寂寞嗎？

——不會想要跟我手牽手嗎？

——不會想要跟我溫存嗎？

——對現狀不滿的只有我嗎？

——你已經不愛我了嗎？

結子沒有勇氣把接連浮上心頭的這些疑問直接對丈夫問出口。即使這裡不是住處附近的大馬路上，而是不必擔心別人目光的自家客廳也一樣。即使問出口，她也不認為會得到可以信服的答案。自己從什麼時候變得如此自輕自賤了？女人就是要被心愛的人擁抱——就是要讓對方渴望並觸摸——看來自己的內心曾經有過的幾許自尊心和驕傲這類情感，是會如同泡影般消失不見的。

雖然很久沒有像這樣很早就一起上床了，但是不到五分鐘，丈夫就背對自己，發出鼾聲。到了這個地步仍抱有淡淡期待的結子在陰暗的臥室裡，一個人成了迷途的孩子。她整個人清醒過來，為了求助而伸手拿手機。她背對丈夫，把手機靠到胸前，避免螢幕的光照到丈夫。

——想要找人傾吐。

如果不設法排遣這股寂寞，她將一夜無法闔眼地迎接早晨。結子從小就是這樣，只要遇上煩惱，就會不斷地在腦裡鑽牛角尖。漸漸地，煩惱的問題變成了失眠，她已經不知道多少次看著窗簾透進來的光，迎接充滿絕望的早晨。

她捲動聯絡人清單，看著上面的名字，卻沒有可以在這種時間傾吐這類問題的對象──傳訊息問別人「我想要，可是丈夫不想要，害我睡不著」，這什麼女人啊？連自己都想吐槽。

距離不孕症治療中心的約診已經不到一星期了。應該取消嗎？結子感受著背後丈夫的體溫猶豫著。丈夫這種態度，她不可能懷孕。但是想想自己剩下的時間……自己已經不可能有孩子了嗎？一陣強烈的虛軟，讓結子無法呼吸了。

她找不到可以求助的對象，隨手點開瀏覽器，搜尋：

「想要孩子　不能跟丈夫討論」

她想要找到處境與自己相同的人。或是以前處境與自己相同，但已經克服的人。她不想跟那些婚後完全不用努力就生孩子的人說出自己的煩惱。女人的敵人就是女人。婚前她跟朋友碰面時，有一次聊到不孕症治療的事。

「為了生小孩，甚至做到那種地步，不是很奇怪嗎？順其自然就好了嘛。」

這樣說的那個朋友，自己有兩個孩子。都是這樣的，結子心想。要去同理處境與自己不同的人是很困難的。既然如此，唯一的方法就只有找到同病相憐的人。

她逐一瀏覽搜尋結果中感興趣的網站。

「甚至不惜惹來丈夫厭惡，也要生小孩嗎？」

「看是要離婚生小孩，或是就算沒小孩，也要跟丈夫一起過下去，就只能這二選一了。」

「不說開來就沒法開始。為什麼不直接跟先生談，跑來網路問陌生人的意見？」

看到的都是些刺耳的意見，每次結子都覺得心如刀剮。你們什麼都不懂。沒有人瞭解我的心情。

就在這時，她看見一篇部落格文章，標題是「寫給努力懷孕的你」。她覺得那就像是寫給自己的訊息，懷著溺水的人連一根稻草都想抓的心情打開頁面。

「標題：寫給努力懷孕的你。

這個部落格記錄了我不孕症治療的過程。

現在的我幸運地順利懷孕，過著幸福的生活。

但是在進行治療的過程中，真的有過許多悲傷難過的事。

如果你想要懷孕卻遲遲不成功，正在煩惱，希望你看看這個部落格，做為參考。

如果有任何問題，請留言或私訊我，我會盡量回覆。芝麻小事也好，訴苦也沒關係，什麼事情都可以。

不孕症治療的心路歷程，只有經歷過的人才懂。

我想有許多人甚至得不到自己的母親或朋友的理解，無人傾訴，煩惱不已。

希望這個部落格能夠讓一直努力到現在的大家打起精神，再次跨出下一步……

ｍａｍａ」

這是四年前的文章了。部落格本身雖然還在，但或許已經不再更新了。她按下部落格名稱，跳到首頁。幸好最新一篇文章是幾天前更新的。格主最近好像剛搬家，放上從新家看出去的風景照。

——現在她還會回覆別人的私訊嗎？

或許會石沉大海。而且結子是現在這一瞬間想要有人傾吐。這不像傳訊息給朋友，無法期待立刻得到回覆，搞不好還會被忽略，讓自己受傷。

但結子還是寫了訊息給部落格的格主ｍａｍａ。決堤而出的話語一發不可收拾，她再次認識到原來自己的內心都想著這些。但她覺得文章愈是修改，愈會掩飾真心，裝模作樣，所以她幾乎沒有重讀，狠下心來傳送出去。

想要孩子的心情、自己的年齡、比自己小的丈夫、還有無性婚姻。

居然對陌生人說出這些家醜，結子感到有些內疚，但她發現傾吐之後，胸口的鬱結似乎消散了一些。

結子從以前的文章開始依序閱讀她的部落格，對於記錄之詳細驚訝不已，並且重新認識到不孕症治療有多辛苦。金錢、時間及身體的負擔她可以想像，但她認為最難熬的，還是祈禱「希望能夠順利」，等待結果出來之前的心情。像是進行人工受精後，即使醫生說照平常那樣生活就行了，但如果下次生理期來，發現失敗了，一定會回顧自己的種種行動，不斷地自責。畢竟第一個發現自己沒有成功受孕的絕對是妻子，而不會是丈夫。

開始讀部落格三十分鐘後，手機響了。看看螢幕，是收到新訊息的通知，內文是「您收到一則私訊」及連結。結子驚訝地點開來，才剛送出訊息，ｍａｍａ居然已經回信了。

她真的讀了！——胸口一陣溫暖。結子完全沒想到會這麼快就收到回覆。

「標題：你還好嗎？

我能體會那種失眠的心情。

當時我也度過好幾個那樣的夜晚。因為連對朋友都無法傾吐，所以格外難受對吧？這種時候，我總是更新部落格文章來打發時間。因為只要寫出來，心情就可以舒服一些。

所以遇到這種情形，ＹＵＩ小姐也請不要客氣，傳訊息給我吧！
光是有人聆聽，就可以輕鬆許多。」

悲傷靜靜地平息下去，就好像飽脹的氣球一點一點地洩了氣。

「你說都已經預約醫院了，卻還沒有告訴你先生，那麼或許自己一個人先去看看也是個辦法。

不孕症治療絕對需要丈夫的配合。但女性有許多基本的檢查要做，或許可以太太先去檢查，然後輕描淡寫地向丈夫提起：『其實我去看了一下醫生。』

男人很不喜歡踏進陌生的地方，如果太太先去，或許可以降低門檻……雖然希望男人可以更努力一點，不過太太先鼓起勇氣跨出一步吧！

如果有什麼不懂的地方，請再來問我！

只要是我能回答的，一定都會告訴你！

我是站在你這邊的！

ｍａｍａ」

結子再三重讀收到的文章，想要客觀地去看，自己是否一廂情願地解讀了？是否把語意扭曲成自己想要的樣子了？但那不是充斥網路的那類批判意見，而是貼近結子，提出具體提議，並推她一把的內容。

「標題：謝謝你。

我沒想到居然這麼快就能收到回覆，謝謝你。

還承蒙你給我具體的建議，真的太感激了。

其實丈夫並不想要，我卻渴望孩子，讓我對自己感到厭惡。我懷疑是自己一頭熱，讓丈夫生氣了。

所以你那樣肯定我跨出一步，我真的受到很大的鼓舞。

我可以聽從你的好意，下次再找你傾吐嗎？雖然或許可能只是訴苦而已……

今天真的太謝謝你了。

晚安。

YUI」

這次結子重讀了好幾次，然後寄出。她想要維繫這段緣分。她不想被拋棄。

——但是有一件事她沒有寫出來。那就是她懷疑丈夫可能外遇了。她覺得如果寫下來，就會噩夢成真。明明沒有證據，卻一個人在那裡疑神疑鬼，自取滅亡，她不想變成這種蠢女人。

結子把手機放回枕邊，在再次降臨的黑暗中，總算感覺到遠方的睡意。

＊＊＊

約好的星期天，光一如往常地開車到公寓來接。第一次看到的時候春花也覺得納悶，光還這麼年輕，開的車子卻很高級。春花對車子並不熟悉，但還是看得出應該很昂貴。

「這是我爸以前的車。憑我的薪水，實在不可能買得起。」

光在春花開口之前，就從她的表情看出疑問，搶先回答。春花覺得這應該表示兩人「靈犀相通」，坐上副駕駛座。

光的老家似乎在車程一小時左右的地方，他說今天他姊姊一家也會回娘家，所以想要招待她。光是見男友父母門檻就夠高了，現在甚至還要加上姊姊？春花緊張起來。

「放心。你的事我已經告訴家人了，他們都非常期待。」

聽到這話，春花只能回答「我也好期待」。她注意到自己正緊緊地握住裝伴手禮的紙袋，急忙撫平縐摺。

其實她想要避免去想多餘的事，以萬全的狀態去見對方的家人。這可是決定今後未來的重要日子。

然而這幾天，工作上可以說淒慘到家。起因是三歲班的喜姫聲稱夏紀扭傷她的手。在教室裡的時候明明好好的，母親一來接，喜姫卻立刻哭著說手很痛。「怎麼了？出了什麼事？」母親問，喜姫大喊：「小夏弄我！」……

即使如今回想，美穗接下來的做法還是教人難以接受。春花氣到眼眶都滲出淚來了。她假裝睏倦，悄悄揉眼睛掩飾過去。

「春花老師！你怎麼沒有顧好孩子們！」

美穗第一件事就是罵春花，然後深深地向喜姫的母親行禮：「真的很抱歉。」接著又說：「以後我一定會徹底教育員工，不讓這種情形再次發生。」

美穗的手法實在太精湛了，在場應該沒有任何一個人察覺異狀。美穗兜著圈子，但明確地讓身邊的人這麼認為：

——責任全在這個年輕新人若月春花身上，我沒有任何過錯。

這種手法春花已經見識過好幾次了。去年和美穗一起帶兩歲班的保育員就是像這樣三番兩次被推諉責任，受不了家長的抗議，最後崩潰辭職了。

成功屬於美穗，失敗全是下屬的責任。這就是美穗的原則……開什麼玩笑！

而且夏紀任意跑去庭院，也是美穗叫大家不要管的。春花去庭院把夏紀帶回來，美穗就會露骨地擺臉色給她看，把自己的工作推給她。這在春花成為三歲班的副班導後的兩個月之間一再發生，起初春花還會抗議「那應該是你的工作」，但每次都遭到惡意刁難。連其他班級的保育員都知道這件事，卻沒有半個人願意支持她。這也是當然的。如果跟美穗作對，下一個倒楣的就是自己……結果春花最後屈服了。她還必須在這裡工作一段時間。既然如此，她希望職場環境愉快一點，可以得過且過地應付過去。

她並非不感到良心不安。如果不管美穗怎麼說，春花都去兔子小屋把夏紀帶回來，喜姬也不會追過去了。然後根本就不會發生糾紛。結果大人的處理不當連累了小孩。

不過儘管知道找錯對象，但春花對夏紀的母親千夏子的態度也無法不感到憤怒。

千夏子配合喜姬來托兒所的時間前來，承認全是夏紀不好，強迫把哭個不停的夏紀的頭按下去道歉。「是喜姬不對！」夏紀哭道。「一定就是你不好！」如此一口咬定的千夏子，猙獰得就像個魔鬼。一次就好，她就不能站在自己的孩子的角度，陪孩子看事情嗎？春花同情起夏紀來。但結果夏紀沒有再說什麼，整件事定調為「喜姬叫夏紀回去教室，夏紀生氣，對喜姬動粗」。

真的是這樣嗎？春花很懷疑。

夏紀不喜歡跟朋友在一起，經常一個人行動，或是離開教室。這是事實，但夏紀從來不會對別人動粗，真要說的話，被搶走玩具和繪本的總是夏紀，夏紀經常因此哭泣。而夏紀會哭得更兇，則是因為美穗蠻橫無理地罵道「誰叫你愛哭，就是你不對」。但——

春花清楚，沒有出面制止的自己也是共犯。就是因為明白，壓力才會不斷地累積。想要傾吐的真心話只能憋在心裡，回到家以後，強烈的憤怒與自我厭惡讓她幾乎快發瘋了。為了遺忘，她不停地把食物塞進口中，然後嘔吐。這幾天吐完後，她控制不了再次渴望食物的欲望了。下巴很痛，氣色也很糟。但是她還是像具死屍般躺在床上，滑著手機，追蹤網路上同伴的對話——身體因為睡眠不足而發出抗議。

「春花？你醒了嗎？」

光探頭看她，春花驚覺回神。光被她的反應逗得笑了一下，遞出口香糖給她。春花接過來放入口中，是清涼的薄荷味。

「工作果然還是很累吧？」

春花注視著光善良而端正的側臉。他散發出一種在陽光下曬太陽的貓那種祥和的氣質。他的身邊一定都是些好人，從來沒有看過人性的醜惡面。

「……可能有點累吧。」

春花撫平許久未穿的洋裝縐摺，重新坐正。平常她都穿些弄髒也無所謂的廉價衣物，所以每次和光見面，她都會添購新衣。選購衣物比起享受，更接近義務。試穿室裡鏡中的臉，就像穿上戰鬥服一樣緊張無比。

「要應付許多小孩子，果然很辛苦呢。

……結婚以後，你就可以辭掉工作，過著輕鬆的生活了。」

「謝謝。」春花說。「我可以開窗嗎？」

得到光的同意後，春花把車窗打開一半，望著流過的景色。吹動劉海的風傳來泥土的香味。田地與果樹園中民宅林立，還有小孩子跑過農道。視野開闊，沒有任何垂直分割天空的高聳建築物。

春花沒有「故鄉」。她搬家住過許多公寓，但每個地方都被混凝土圍繞，與左鄰右舍完全沒有往來。不管春花或母親遇到多大的困難，都沒有人會伸出援手。在那個城市，每個人生活的前提似乎都是為了自己的利益，把別人踹下去。

不過這裡的話——

春花做了個深呼吸。

「這裡什麼都沒有，不過是個好地方，對吧？」光說。

「怎麼會呢？

這裡有田地、有果樹園、有山，還有天空啊。」

「你能這麼說，真是太好了。

以前我交往過的女生，只要帶她們回老家，馬上就被嚇跑了。」

春花可以想像，這要是一般女生，應該不會想聽到男友前女友的事，春花卻一點都不感到嫉妒。她對自己辯解，這是因為光說要娶她，讓她很放心，絕對不是因為她不愛光。

「啊，看到了。

就在那裡。」

光伸手指示的地方，是一棟有著寬闊簷廊、日照良好的屋子。一名正在摸狗的老先生站起來，朝這裡揮手。笑容滿面的他，完全就是理想中的日本父親。

「還讓你在休假特地過來一趟，真對不起啊。」

「一點都不會。」春花搖搖頭，遞出伴手禮。她聽說光全家都愛吃甜食，所以去百貨公司買了星星糖。店員推薦說最近很受歡迎的這款星星糖，從小顆到大顆都有，味道也都不同，挑選的時候，春花好久沒那麼開心了。「可以打開嗎？」光的父親問。

「請。」春花說。

「啊，這看起來好好吃。

要是被我們學校的老師看到，一定會立刻被搶光。」

光的父親以前也是小學老師。現在是校長，聽說很快就要屆齡退休了。他一笑，眼角就會擠出許多皺紋，春花覺得那些皺紋就象徵著他知道多少溫柔的話語。

春花被帶到起居間，那裡與外面看到的簷廊相連，視線只要稍微挪動，就可以看見開闊的天空。他們家的愛犬從玄關前的狗屋走出來，對著前方汪汪叫。幾乎要搖斷尾巴地表示歡喜的牠，正看著比春花年長一些的男女和學齡前的兩個女孩。從他們揮手的動作，可以猜出是光的姊姊和姊夫。

「爺爺好！」

朝氣十足地跑過來的兩個女孩穿著同款的水點洋裝。春花遠遠地看到時就這麼感覺，這兩個女孩長得真的惟妙惟肖。她們不是走玄關，而是想要從簷廊爬進屋裡，光的父親開心地抱起她們，對春花笑道：「一定把你嚇到了吧？她們是雙胞胎。」從他的態度，可以看出是真心疼愛孫女。

「真是的，就說不可以縱容她們這樣了，會變成沒教養的小孩的，校長！」

追上來的女人半帶玩笑地說，轉向春花，瞬間臉上綻放笑容：

「對不起喔，這兩個真的很皮。

我們家的小孩很沒教養對吧？」

「不，一點都不會。

托兒所裡還有更活潑的呢。」

春花搖搖頭否定，對方笑道：

「啊，對了，你是保育員嘛。

我真的好敬佩你，居然能應付幾十個這種小怪獸一樣的孩子。」

聽到這話，春花也笑了，內心鬆了一口氣：幸好光的姊姊人很好。

所有的人都來到起居間後，光的母親送上餐點。春花急忙想要幫忙，父親微笑說「你今天就當客人吧」，春花聽從了。看到雙胞胎爭先恐後想要坐在爺爺的膝上，她打從心底羨慕不已。不管是摸頭的大手，還是在耳畔細語的低沉嗓音，都是幼時的春花不曾經驗過的。

「光只要回家，就一定要吃炸雞。」光的母親告訴春花。

「光真的只挑炸雞吃。」

被姊姊這麼說，光有些鼓起腮幫子：「姊，你少多嘴啦。」春花從來沒有看過他這樣的表情，覺得很新鮮。

「春花以後只要負責炸雞就好了，一定很輕鬆。

你平常下班以後也都自己煮嗎？」

被這麼一問，春花內心一驚。她不可能坦承平日的飲食習慣。她正自語塞，光伸出援手：

「不，平常根本沒空煮什麼飯。保育員真的很辛苦。

春花還當副班導，所以工作量很大。」

「是啊，真的好厲害。

工作會不會很累？」

「不會，小孩子真的很可愛。」

——春花撒了預先準備好的謊。每次她說自己是保育員，別人就會說「小孩子很可愛嘛」。但每次聽到這種話，春花總是感到不解。她並不是因為小孩子可愛這種膚淺的理由而開始當保育員的。但就算從頭說明，她也不認為對方真的想聽，而且只是白費唇舌，所以總是配合對方的反應。

「是啊，小孩子真的很可愛嘛。」

光的姊姊點點頭同意，盯著雙胞胎看。

「光可以認識像你這麼棒的女生，真是太好了。」

父親點點頭說，感慨良多地大口喝啤酒。春花也撇開算計，由衷認為可以認識光太好了。如今比起光本人，就算說她是愛上了這家人也不為過。

「下次再來吃飯喔！

不嫌棄的話，這個帶回家吃吧。」

回程的時候，光的母親用保鮮盒裝了許多菜給春花。「謝謝。」接過來的紙袋沉甸甸的。一想到對方如此為她著想，春花的胸口一陣感動。

「你送春花回家以後，就要回去了嗎？」光的父親問他。

「是啊。」

「等一下，我就沒有禮物喔？」

光開玩笑地鬧彆扭說，母親笑道：「女士優先。」

春花和一對雙胞胎也完全打成了一片，她向她們揮揮手說再見，上了車子。「我弟就麻煩你囉。」光的姊姊說，春花點點頭。車子發動以後，春花從車窗探出頭揮手。他們還沒有進入屋中，身影就已經先變小不見了。

「你覺得我的家人怎麼樣？」

等春花重新坐好，光開口問她。

「你的家人好棒。

我今天真的好快樂。」

「太好了。

我想你一定很快就可以融入他們了。」

春花發自心底覺得開心。她第一次坐在那麼大的矮桌旁吃飯。他們說中元和年底親戚也會過來，會變得更熱鬧。還說當地祭典也很盛大，讓春花多了好多期待。

「然後啊，關於我們結婚的時間……」

光語氣歡欣，若無其事地說。駕駛座的他在夕陽照耀下，不知是否心理作用，臉頰看起來有些潮紅。

「嗯。」

春花屏住呼吸，心想這下自己就可以得到幸福了。過去有多艱辛，往後就有多幸福。

「我想要等你懷孕以後再結婚。」

他輕描淡寫的話，讓春花的大腦一時無法處理。「咦？」春花反問，光沒什麼地接著說：

「你今天到我家來，應該也看到了，我爸跟我媽都很喜歡小孩。我姊生小孩的時候，他們真的歡天喜地。

可是姊姊是嫁出去的人，所以那不是他們的內孫。」

看到淡然地說得理所當然的光，春花感到一陣悚懼。先前暖融融的氣氛一口氣變得冰冷，籠罩春花的全身。

「所以他們無論如何都希望我這個兒子趕快有孩子。對於交往的對象，他們意見也很多。像是婚後打算繼續工作的人不行、年紀太大的不行、討厭小孩的不行。

不過在這些方面，春花，你完美無缺。

你很年輕，婚後也不打算繼續工作。

而且你是保育員。

你喜歡小孩，也知道怎麼帶小孩對吧？」

我爸媽也喜歡你，真是太好了——光開心得幾乎要哼起歌來，似乎沒發現一旁的春花整個人僵住了。春花這才想到了：啊，所以他長得這麼正常、工作又不錯，卻到現在都還沒辦法結婚——每個人都有缺點。但是這種缺點，能接受的女人肯定不多。

兩人先前就說好從光的老家回來後，光要第一次拜訪春花的租屋處。光這麼說的時候，春花心想「這天終於到了」。兩人還沒有發生男女關係。對於這件事，春花一直正面解釋為是光很珍惜她。她以為兩人是透過婚友聯誼認識的，狀況有些特殊，所以光才會特別謹慎。

不過春花誤會了。光並不是為了春花而這麼做的——在帶她見過自己的父母，獲得她是個合格的媳婦的認可之前，他不會做那檔子事。只是這樣罷了。

儘管覺得遭到了重大的背叛，但春花自己也有心虛之處，所以無法苛責對方。春花並不是想要和「光」結婚。她只是想要和一個收入穩定、希望她婚後在家當家庭主婦的人結婚罷了。

真是太失算了。沒想到他對孩子的渴望強烈到這種地步。春花一直以為無論如何都想要孩子的，一般都是女人。而男人是自私的動物，總是渴望自由。

春花並不想要小孩。不是有沒有都無所謂的程度，甚至說她在生理上無法接受小孩也不為過。但她也不是討厭小孩，所以問題才複雜。托兒所裡的孩子、光的姊姊的雙胞胎、路邊的小孩，每一個都一樣可愛、必須保護，這是無庸置疑的。

但說到自己的小孩，問題就不同了。

春花只是單純地認為不應該生小孩。她無法分辨是她原本就一直抱定這種想法，還是開始當保育員以後，看到太多糟糕的母親而萌生出這種念頭。

聽到光的話以後，仍依照預定帶他到住處來，是因為春花還無法下定決心放掉這個「最佳條件男友」。我能生小孩嗎？我能接受自己的小孩嗎？春花在猶豫之中，把鑰匙插進門把。

春花的住處東西本來就不多，每一個角落都仔細打掃過了。

「地方很小，不好意思。」春花說。

「你真的過得好苦，不過往後就不必再擔心了。」

結果光愁眉苦臉地這麼應道。瞬間，分辨不出是凍結還是熊熊燃燒的複雜情緒在全身亂竄。雖然公寓房間又小又舊，但只有這裡是春花的堡壘，別人沒有資格嘲笑它。

光把春花的沉默往好的方向解讀，把她壓到牆上，一手撫摸她的臉頰。光注視過來的一本正經表情只讓春花覺得是電視劇看太多，讓她的情緒冷到不能再冷。

「不用緊張，沒事的。」

這個男的到底有多遲鈍？——與今早南轅北轍的印象，讓春花不知該如何處置。忍耐過幾次深吻，被按倒在榻榻米上，光騎上春花的身體。原以為光的身材清瘦而沒有贅肉，實際上卻厚重得令春花震懾：他果然是個男人。嬌小的春花動彈不得，仰望上方。

舌頭爬上脖子，那噁心的觸感讓春花的身體忍不住起了反應。誤會的光執拗地重複這個動作，滿足之後，著手褪掉衣物。

春花滿懷寒冷的情緒忍受著。

她想要穩定的生活。這都是為了得到美好的生活——她假裝接受。

——小孩子也是，只要出生以後，一定就會覺得可愛了。

春花咬牙切齒地忍受著不適，一心只想快點結束，祈禱他接下來不會太久。

「不用戴套了吧？」

身體暫時分開的他就要進入春花的體內時，她覺得耳畔響起了嬰兒的哭聲。

——媽！要照顧我一輩子喔！

恐懼從腳尖竄向頭頂，全身緊緊地繃住了。「沒事的。」他在耳畔呢喃，動作卻一點都沒有慢下來，春花懷著「這個禽獸」的恨意瞪住他，然而他根本沒在看春花。他已經沉浸在自己一個人的世界裡了。

春花也閉上眼睛，在心中強烈地祈禱。

——對不起，還不要來。我沒辦法養你，求求你，去別人的肚子！

她不知道過了多久、發生了什麼事。但光離開身體，呢喃「我愛你」的時候，她才知道結束了。

「那，知道什麼時候休假再聯絡我。」

光開開心心地回去以後，春花立刻衝進浴室，沖洗全身。即使明白這麼做也是白費工夫，她還是想要把侵入身體的東西全部沖出來。

她現在不能懷孕。她如此厭惡嬰兒，不能現在生孩子。要是生了以後才覺得「我還是不想要」，那完全就是對寶寶的背叛。

即使如此她還是有預感，如果光想要的話，下一次她一定還是不會拒絕。

鏡中面露痛苦神情的自己令她厭惡。

——為什麼不說出真心話？少在那裡一副被害者嘴臉。

把蓮蓬頭切換成冷水，冰涼讓心臟猛烈一跳，那股衝擊令哽在咽喉的淚水總算決堤似地奔湧而出。

往後該期待著什麼活下去才好？矛盾流下雙眼，只有原本的願望勉強停留在瞳孔深處。

她拖著整個冰透的身體回到起居間，發現手機螢幕在閃爍。是光傳訊息來了。

——下次生理期什麼時候？

他是瘋了嗎？春花火冒三丈，但結果還是回信了。自我厭惡到了極點。

她對光並未全然敞開心房，能夠坦白地說出她並不想要孩子。而不管理由是什麼，居然打算跟這樣的對象結婚，讓春花覺得自己簡直是個人渣。然而這卻是她現在最真實無欺的感受。

她把光的母親給她的保鮮盒一一擺到圓桌上，打開蓋子。據說光喜歡吃的炸雞、煎蛋、根莖類燉雞肉、韓式涼拌青花菜、海苔飯捲、炒麵、切成兔子形狀的蘋果等等，裝得滿滿的，量多到讓人懷疑對方是不是知道春花有過食問題。但這些都不是給她的，而是在投資他們深信不疑即將出世的金孫。

春花連筷子都不用，將這些菜一樣樣塞進嘴裡咀嚼。那感覺就像切開自己的手腕，感受它帶來的痛楚。

春花無意識地抓起手機，打開留言版。上面是一行又一行對不負責任的母親的辛辣批評。春花感到安心，同時自己可能也會成為炮轟對象的恐懼悄悄地潛近身後。

成為新的「觀察對象」的，是這陣子爬上排行榜的主婦部落格。剛開設的時候是記錄不孕症治療，但最近格主好像搬家了，後來便一直引來「得意忘形」的訕笑。

不孕症治療——春花無意識地喃喃。

有人甚至不惜花錢、上醫院，都想要孩子，自己為什麼卻不是那樣呢？沒有答案的疑問淹沒了整顆腦袋。

＊＊

今天是不孕症治療中心的約診日。丈夫匆匆忙忙出門上班後，結子迅速做完家事，同樣前往公車站。她沒有告訴丈夫今天的事。

她再次檢查包包，確定自從約診後就每天記錄的基礎體溫表確實在裡面，喃喃道「沒問題的」——沒問題。去醫院是第一步。

ｍａｍａ給她的訊息中，最讓她開心的一句是「太太要鼓起勇氣踏出第一步！」。行動不是壞事。從這個意義來看，結子已經比開始記錄基礎體溫的兩個半月前前進了許多。以前她甚至不曾關心過自己有沒有確實排卵。她熟讀的懷孕指南書中說，從月經開始到下次月經之間，體溫是否確實地表現出高溫期與低溫期很重要。如果區隔明顯，表示有排卵，而結子的體溫符合這個模式。當然並不是這樣就一定會懷孕，但她稍微能夠放心了。

第一次踏入的醫院就像一家時尚咖啡廳，擺滿了五顏六色的椅子，讓結子的緊張舒緩了一些。她到櫃臺詢問，小姐告訴她初診櫃臺在其他樓層，她搭乘電梯前往八樓。

進入初診樓層後，最令她驚訝的是問診時間才剛開始三十分鐘，二十幾張椅子卻都已經坐滿了——居然有這麼多人不孕！目睹這個事實，結子一陣天旋地轉。她站在牆邊等待，櫃臺小姐搬來簡易折疊椅給她坐。她道謝坐下來。

她並不想觀察，但注意到時，視線正在樓層裡飄移。有人看起來比自己年長，但感覺也有不少相當年輕的女人。別人怎麼樣應該與自己無關，她卻忍不住低級地揣測起來：我在她們當中，算是有多容易懷孕的？

等了約莫一小時半，結子總算被領到診間，裡面坐著一個年紀跟自己差不多的男醫生。結子覺得有點尷尬，但對方宛如機器人的平淡態度，反而更容易傾吐。

結子拿出基礎體溫表接受問診時，醫生詢問性生活的頻率，結子忍不住撒謊：一個月一次左右。醫生說這樣太不努力了，看不出是不是不孕。不過考慮到年齡，該做的檢查還是做一做，試試行房時機療法——方向就這樣定下來了。

這天進行的是內診、子宮頸抹片、披衣菌抗體檢查、血液檢查等基本的檢查。以前在公司的健檢等等，結子也曾經坐上內診臺好幾次，但無論如何就是甩不掉每次都會湧上心頭的羞恥情緒。她設法忍受冰冷的器具侵入體內的異樣感。

「請再放鬆一點。」

聽到醫生的話，她羞恥得臉都紅了。深呼吸，讓情緒平靜下來。

——這是第一步。

結子唸咒似地不停地對自己說。

結子預約了班表休假的日子來聽報告。全部的檢查要一星期以後才會知道結果。雖然身心俱疲，但仍充滿了充實感。結子輕輕吐氣，離開醫院。診所一開門她就去了，但看診完畢都已經下午兩點了。一注意到時間，肚子立刻餓了起來，她想要睽違已久地一個人吃午飯。今天自己很努力，應該要好好犒賞一下。決定一件事以後，心情又愉快了一些。

她去了單身時常去的咖啡廳，在喜愛的窗邊座位坐下。這家店使用的桌椅都是店長從國外買回來的，每一個都獨一無二。產地及年代都不同，整體卻十分調和，反映出店長獨到的眼光。

結子挑選的是英國製的溫莎椅。散發飴糖色光澤的木材看得出受到珍惜，最重要的是有弧度的大椅背溫柔而寬闊地包裹住她的身體。

她從店裡占據整面牆的書架上挑選雜誌，忽然看到繪本，隨心所欲挑選了三本用色鮮豔的作品，回到座位。

翻開頁面，孩提時代的記憶就像咖啡散發芳香一般，自然而然地重回腦海。睡前母親總是會為她讀一本繪本。那些書都是去圖書館借的。坐在母親的自行車後車座前往圖書館的路程，總是令她雀躍不已——

孩子出生以後，我也要為他讀許多繪本。結子的記憶中有著數不清雖然不記得書名、但非常喜愛的故事。

她想起以前上司說過的話。

「自己無法想像的事，現實中絕對不會發生。

但能夠想像的事，大部分都能夠實現。」

沒問題的，結子告訴自己。

在腦中具體浮現的她與孩子的生活，一定可以成真。

「咦？你是說我有什麼問題嗎？」

丈夫過了凌晨才回來，結子將預先冰在冰箱的冷毛巾遞給他，說明今天她去醫院接受檢查的事。咖啡店的店員遞給她的冷毛巾實在太舒服了，所以她在家裡也試著做。

丈夫看到冷毛巾很開心，然而一聽到不孕症治療，表情便有些扭曲了。

結子補充，醫生也說夫妻一起去檢查比較好——她的口氣絕對不陰暗或沉重。完全只是隨口一提。

然而丈夫創卻表現出遠比結子所想像的更劇烈的抗拒反應。

「我不是說你有問題。

只是先檢查一下，在生孩子的時候，也比較可以放心啊。

喏，我們也已經不年輕了。」

結子急忙打圓場說。丈夫聞言動氣說：

「不，我還很年輕。我精力旺盛。

要說年齡的話，有問題的是你吧？」

在白天變得溫暖的胸口被惡狠狠地刺傷了。心從那裡開始龜裂，一片片崩落下來，但結子刻意忽視，笑道：

「唔，是這樣沒錯啦。」

看到結子笑，丈夫的表情柔和了一些：

「可是你居然會想要小孩，我有點意外。我一直以為你討厭小孩，而且你好像也不是很喜歡跟學長他們打交道。

那也是因為他們有小孩，你嫌麻煩對吧？

我覺得你比較適合為事業打拚。」

不對！結子自以為說出口了，實際上卻連氣都吐不出來。

「已經很晚了，我要去洗澡睡覺了。」一創把沒擦幾下的手巾遞還給結子，轉身離去。

自己和丈夫居然如此沒有交集，這個事實令結子驚愕，陷入空虛。她用手巾拭去泉湧而出的淚水，忍住哭聲。她不想被從浴室出來的丈夫看見，衝進廁所，只是靜靜地等待悲傷平息下來。

——救救我。

結子毫不猶豫地掏出手機，輸入無法向丈夫傾吐的話。與孤單一人的那個夜晚不同，網路另一頭有可以信賴的救世主。即使不會立刻收到回覆，光是那個人在那裡，就可以支撐她不至於崩潰。

她不想做出醜陋的行為，對丈夫發洩情緒。她不希望丈夫嫌她煩人。

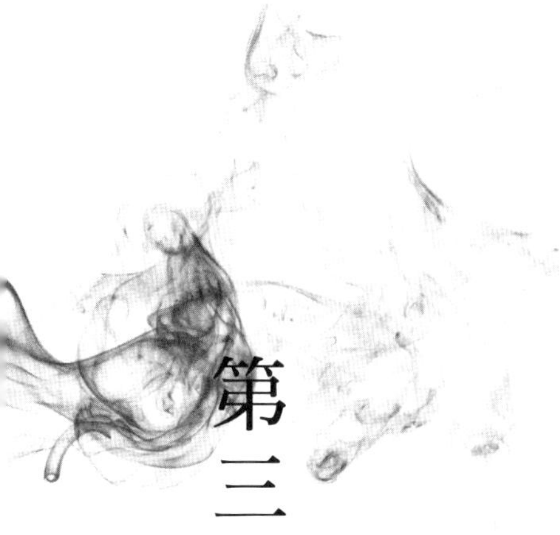

第三章

*

——我不要去托兒所。

和喜姬發生爭吵後幾天，夏紀開始這樣說。看到每天哭著不肯去托兒所的夏紀，千夏子的煩躁升至爆表邊緣。

「托兒所沒有人要跟你玩，都是你自找的！」

千夏子一邊吼著，強硬地脫下夏紀的睡衣，丈夫信二在背後嘆氣：

「你這媽媽也太恐怖了。

我媽從來沒有像那樣罵過我。」

雲淡風輕地打理好自己的儀容的信二，正悠哉地喝著咖啡，把馬克杯丟進千夏子剛剛才清理完的流理臺裡。

「……那是因為你以前是個乖寶寶吧？」

千夏子語帶嘲諷地說，丈夫卻照著字面解釋，面不改色地接著說：

「對了，媽傳訊息來，說要討論慶祝爸七十大壽的事。你再打電話給她，問一下細節。」

「咦？可是你打電話去，媽也會比較開心吧？」

「我工作很忙。你是人家的媳婦吧？」

丈夫輕巧地說完，不負責任地結束話題，一個人出門上班去了。

「真的給我差不多一點！」

千夏子拍打哭個不停的夏紀背部，強迫把托兒所罩衫套上去。

千夏子已經搞不懂自己是在對什麼生氣了。不管是丈夫還是夏紀，都不知道他們在想些什麼。

儘管早上哭鬧成那樣，最近去托兒所接夏紀時，夏紀卻相當聽話。之前明明吵著不想回家，現在卻乖乖聽從，而且美穗說，最近夏紀也都不會一個人跑去院子了。但夏紀一個人在教室裡似乎仍然無法融入大家，美穗的挖苦沒有停過。

與媽媽友的關係陷入了更讓人胃痛的狀況。

千夏子好好地向喜姬的母親道歉，表面上應該解決了。但是去接夏紀的時候，就算打招呼，對方也不看她。這件事似乎也傳遍了其他家長耳裡，原本態度普通的人，現在也開始若無其事地躲避千夏子。

這一切都是夏紀害的。夏紀怎麼會變成這種小孩？

千夏子很沮喪，但她換了個想法：這樣一來，假日就不會被邀去參加根本不想去的媽媽友午餐聚會了啊！

——遇上難受的事，逃走就行了。去新的地方交新的朋友就行了。

後來千夏子用柚季的照片更新了幾篇文章，每一則都得到極熱烈的迴響，排名慢慢地攀升。千夏子誇讚自己：只要我肯做，什麼事都能成功。

後來柚季邀她去家裡作客兩次。千夏子把說好的照片列印出來，整理成一本可愛的相簿送給柚季，柚季單純地開心極了。而小杏和問題多端的夏紀也玩得很高興。

——如果小杏也可以去托兒所就好了。

這樣一來，不只是在部落格裡面，在現實世界中，千夏子也可以高人一等了。不管是池上惠還是其他家長，沒有一個人的容貌或經濟能力勝得過柚季。柚季和小杏讓每個人都會回頭多看一眼。而與剛搬來的她們感情最好的，不是別人，就是千夏子。

手機微微震動，是收到訊息的反應。一定又收到新留言了。不必看也知道。

千夏子的心情稍微平復了一些，抱著鬧脾氣的夏紀走出屋外。

「公公的七十大壽耶？這種事應該是做媳婦的先開口才對吧？」

千夏子在打工的午休時間打電話給婆婆，但感覺會超乎預期地久。千夏子本來在休息室講電話，但因為有其他員工進來，她出去走廊，跑向後門。下午還要工作，她不想把時間浪費在無聊的事情上。

「千夏子，你在聽嗎？」

一走出後門，陽光便照得她一陣炫目。「對不起。」她裝出順從的聲音，蹙起眉頭。麻煩死了。

「你聽著，如果你真心重視自己的公公，應該就會主動提起吧？不管你是個再怎麼不稱職的媳婦也一樣。」

「這麼不機靈，真的對不起。

我以為大哥可能有什麼安排。」

「信一哪有那種時間？他忙得要死好嗎！」

丈夫的哥哥信一在東京的銀行工作。雖然見面的機會不多，但千夏子不太喜歡他。不，不光是大伯，大姑、公公和婆婆，千夏子都覺得沒辦法跟他們意氣相投。從某方面來說，他們每一個都很像以前的職場的人——自信十足，認為瞧不起別人是天經地義的事。

結果婆婆單方面地交代說，下個月的公公生日，大伯夫妻要回來，叫千夏子找一家不錯的餐廳先預約好。

「我很期待見到夏紀。

你真的應該更常帶夏紀回來給我們看看的。就是這麼不機靈。」

婆婆這麼說完，掛了電話。

每次去公婆家，最受疼愛的不是丈夫也不是千夏子，而是夏紀。

夏紀長得不可愛，也不會撒嬌，卻還是被當成寶貝般疼愛，是因為夏紀有「第一個孫子」這個頭銜。夏紀只要默默地坐在那裡就夠了——令人氣結。

但千夏子對夫家——尤其是婆婆，完全無法違逆。這是她後來才知道的，不孕症治療的費用，幾乎都是婆婆瞞著公公資助兩人的。千夏子從當時就覺得奇怪，因為丈夫根本不可能有這麼多錢。

信二從大學就在書店打工，畢業後成為約聘員工，三十歲以後，公司說如果他可以進行銷部，就讓他轉正職。換句話說，信二是在他開始跑千夏子上班的補習班之前才剛轉正職的——知道這件事的時候，雖然只有一點點，但千夏子覺得受騙了。

剛認識信二時，她覺得信二沒有年過三十的大人特有的庸俗，反而保有少年般的純粹。然而如今她懷疑信二只是單純地沒有長大而已。

而且丈夫婚前從來沒有一個人在外面住過，一直住在家裡。千夏子從沒聽說他有拿錢回家，得知他出社會上班以後，還會帶母親做的便當去公司時，千夏子甚至感到內心發涼。

所以丈夫才能毫無疑問、甚至不加說明地讓母親「接濟」不孕症治療的費用吧。就像小孩子討零用錢買玩具那樣。

但有件事千夏子還是不明白——為什麼丈夫會如此積極地想要小孩？即使休假，他也不會積極地陪夏紀玩耍，也不是個教育爸爸。夏紀出生的時候信二看起來很高興，但回想起來，他協助育兒的時間相當短暫。是玩膩了舊的玩具，被新玩意吸引了嗎？不管怎麼樣，信二都不適合當父親。

看看手機，休息時間只剩下不到十五分鐘了。得快點吃完剩下的麵包去刷牙。千夏子甩開令人不愉快的煩惱，跑回室內。

「標題：檢查報告出來了。」

看到文末的笑臉顏文字，千夏子咂了一下舌頭。不必讀正文，她也對寄件人的心情瞭若指掌。ＹＵＩ的身體八成沒檢查出什麼大毛病。

去接小孩的時候，千夏子在托兒所的自行車停車場對自己辯解「一下就好」，滑起手機。瞬間她失去了時間感，「一下就好」變成了「再一下就好」。

留言和傳私訊的讀者這幾個星期增加了不少，但比現實中的朋友更頻繁地與她聯絡的只有ＹＵＩ。她陪失眠的ＹＵＩ聆聽煩惱或是閒聊，說了許多話。ＹＵＩ以如此密集的頻率聯絡素昧平生的自己，肯定是因為她沒有朋友。

在緊密的聯繫中，千夏子看出ＹＵＩ這個人擁有什麼樣的經歷、長什麼樣子、過著什麼樣的生活——每當愈瞭解她這個人多一點，千夏子就愈感到煩躁。就算沒小孩，ＹＵＩ也過得夠好了。

既然會在服飾店當店長，外表肯定差不到哪裡去。而且她有足夠的財力供她在不孕症治療檢查回家的途中去咖啡店吃午餐，衝動之下買下全套繪本。ＹＵＩ不明白如果正式開始治療，必須不停地上醫院。如果每次都像那樣「犒賞自己」，很快就會破產了。或是她平常就是像這樣花錢的？一定是每天都吃著擺盤漂亮，卻根本填不飽肚子的午餐。而自己卻是每天吃著一百圓的麵包配家裡煮的麥茶。

「因為我也有年紀了，所以非常緊張，但醫生說沒什麼問題！以後好像還要配合生理周期，進行許多檢查，我會繼續努力。

但是沒辦法和外子分享這樣的歡喜，真令人難過。

外子那句『你討厭小孩吧？』造成的心傷，難以痊癒。

ＹＵＩ」

起初雖然表達喜悅，但從文章可以看出她的逞強和真心話，千夏子暗自竊笑——才不准你得到幸福！

第一次回覆ＹＵＩ的訊息時，千夏子建議她一個人去檢查，也是個方法。這並非謊言。瞭解自己的身體，是治療不孕症的第一步。但她早就料到如果告訴丈夫，絕對會招來反效果。

這等於是以「我想要小孩」為由，脅迫婚後再也不碰自己的丈夫跟自己上床。這完全是一種壓力——千夏子就是明白這一點，才建議ＹＵＩ若無其事地告訴丈夫她去做了不孕症治療的檢查。他們最好婚姻破裂。這樣希望，是因為自己很扭曲嗎？千夏子覺得別人的不幸就是自己的幸福。她們只是網友而已，不管千夏子提出什麼樣的建議，最後的決定權都在他們自己手中，所以自己沒有責任——千夏子耍賴地這麼想——比方說，人不會因為別人說「去死」，就真的去死。就算有人說「你消失吧」，也不會真的消失，不是嗎？

孩子的笑聲傳入耳中，千夏子驚訝地抬頭，看見以池上惠和喜姬為中心的媽媽友們正往停車場走來。千夏子直起身子，打招呼說「午安」，與她們擦身而過。不管她們說什麼，或是無視她，她都不會受傷了。反正她不屬於這裡。

現在她最無法忍受的，是接到ＹＵＩ懷孕的消息。這一定會讓她陷入嚴重的焦躁。ＹＵＩ一定會道謝說「謝謝你」，然後再也不會來訪部落格。除了「沒有孩子」這一點之外，她沒有任何地方比千夏子遜色。

不管ＹＵＩ的人生比自己充實多少倍，光是「有小孩」這一點贏過她，千夏子就可以自認為高人一等。

——我想要贏過別人。

做完家事，等待丈夫回家的短暫時間，專為自己泡杯紅茶，是千夏子最近的享受。住處有點骯髒，她也不以為意。她覺得很奢侈——而且泡的是柚季送給她的高級紅茶。她聞著蜂蜜般的甜美香氣，滑著手機。重讀從傍晚就一直擱置到現在的ＹＵＩ的訊息，以彷彿作家的心境思考回信內容。

「標題：暫時可以放心了呢！

晚安。

謝謝你告訴我檢查結果！暫時可以放心了呢！總之跨出了第一步！我也放心了。

附上的圖檔是據說可以保佑好孕的送子鳥丘比娃娃。只要放進手機資料夾裡就會有保佑，很有名喔！我也這麼做過！

不過你先生說你討厭小孩，這真的很讓人傷心呢。不是別人，這種話偏偏出自伴侶口中，一定會一直卡在心裡，不時冒出腦海。

丈夫對我說過的傷人的話，也一直讓我難以釋懷。

但是有去醫院，就已經是前進一步了，請好好獎勵一下自己吧。內診臺不管坐上去多少次，都真的很討厭呢（男人是不會懂的）。

每次檢查之後，我也都會獎勵自己喔！看看先前買的繪本，讓自己輕鬆一下吧！」

連篇違心之論的文章，讓千夏子露出苦笑。上內診臺覺得害羞，是要怎麼做不孕症治療？獎勵自己？是有多公主病啊？別以為可以用這種心態養小孩。送子鳥丘比娃娃的圖片，也是隨便在網路上搜尋找來附上去的。在先前的對話中，自己試過的求子儀式和好孕圖片都介紹完了，彈盡糧絕。雖然是逼不得已的下策，但就算是這種東西，對方應該也會感激涕零地收下吧。

「先前也提到過，你們的閨房生活怎麼樣？（很抱歉問這種私密問題）上醫院很重要，但如果夫妻之間沒有閨房生活，就很難生孩子。

我自身也經歷過無性生活，但拖得愈久，門檻就會愈高，所以或許最好快點採取對策。

就像上次說的，我都會配合丈夫的生活節奏，或是平常就努力化妝……還有做強精壯陽的料理等等。下次我再寄給你別的食譜。

其他的話，我想夫妻之間好好地坐下來談一談是很重要的。畢竟性愛也是溝通的一環。

你們又不是有丈夫外遇之類的問題，所以我想一定會很順利的。

我會一直為你加油的。」

這也是謊話。次數雖然不多，但丈夫仍把千夏子當成女人索求她。就連懷孕的時期，也不曾中斷太久。

ＹＵＩ雖然沒有主動提起，但是像這樣探詢她夫妻之間的性愛問題，她便彷彿迫不及待，寄來滔滔不絕的怨言。這充分滿足了千夏子身為女人的欲望。

她在末尾署名傳送出去，啜飲溫度變得恰到好處的紅茶。

「媽媽，我要尿尿。」

破壞氣氛的聲音傳來。夏紀正揉著眼睛看著她。

「真是的！紅茶都要涼了啦！」

我連好好地喝杯茶都不行嗎？千夏子火冒三丈。把夏紀帶去廁所，再把這個煩人精塞回被窩裡。回到客廳拿起手機，已經收到回信了。

「標題：我很擔心

謝謝你總是迅速回覆。這真的讓我得到很大的救贖。

我剛才又收到外子的訊息，說他工作很忙，不回家過夜了。一個人待在家裡，真的教人鬱悶到家。

最好配合外子的生活作息——這我也明白，但目前的狀況實在很困難。我們彼此別說休假，連睡覺的時間都無法配合。可是——是啊，如果不在相同的時間上床，根本不可能懷孕呢。

上次我聽從你的建議，在家的時候也確實地化上全妝，結果外子說：『在家化什麼妝？』計畫不太順利。

而且，其實從以前就有件事讓我很擔心。

你剛才的信裡提到『你們又不是有丈夫外遇之類的問題』，這把我嚇了一跳，甚至懷疑你是不是早就看透一切了？

婚前我就知道他的工作很忙，也覺得他年紀比我小，也是他吸引我的地方之一，但我還是忍不住要擔心。比方說，他說他在加班，但有時我也會懷疑他說的是真的嗎？

一開始我覺得是自己在被害妄想。

但是前些日子，他公司的社長——外子的大學學長，他的夫人突然跑到我工作的店裡。她說要買參加婚宴要穿的洋裝，但最後也沒有買，而且她那時候說的話讓我一直耿耿於懷。

她說外子最近很累，沒精神。我心想：還不都是因為你丈夫讓他太賣命了？不過我也勸自己看開點，畢竟那是外子的工作，沒辦法。可是她卻這樣說了：

『如果你不珍惜，我可要把他搶走囉？

太太千萬要小心喔。』

這女人怎麼這樣挖苦人？當時我氣到臉都快噴火了。因為外子很少回家，我沒辦法做飯給他，也沒辦法幫他按摩。我自己也要工作，所以也沒辦法一整晚不睡，就等他回來。

然而她卻直呼外子的名字，好像還送自己做的飯菜去公司。而外子卻對我隱瞞這件事……

我不想懷疑，卻怎麼樣就是忍不住要疑神疑鬼。

我為什麼會跟他結婚呢？我忍不住會這樣質疑自己。

ＹＵＩ」

如此毫不掩飾感情的文章是第一次——事情有趣囉。

千夏子輸入回覆內容，恨不得拇指可以動得再快一點。比自己更有女性魅力和經濟能力的ＹＵＩ，現在正站在絕望邊緣。

千夏子想要觀察她墜入深淵的樣子——就算稍微推她一把，也不會遭天譴吧？反正就算千夏子什麼都不做，ＹＵＩ也一樣不幸。

＊＊

在情緒驅使下寫完文章，傳送出去的瞬間，淚水泉湧而出。結子拉過面紙擤鼻涕。臉頰上的淚痕就任由它去。既然都哭了，她想要毫不客氣地盡情哭個夠。

以前她讀到所謂的「流淚活動」——透過刻意哭泣來抒發壓力的文章時，內心浮現的是批判的感情：不是什麼東西都加個「活動」就好的。但現在她可以理解。哭泣可以輕減壓力。然後人除非遇上天大的事，否則是不會輕易掉淚的。結子也是，如果沒有和丈夫的這些問題，她才不會像這樣哭得像個孩子。即使工作不順、被朋友的話刺傷，她都可以去做該做的事，忘懷這些。

但是這幾個星期，結子的淚腺整個失常了。她第一次告訴丈夫「我想要孩子」，丈夫卻居然認為自己討厭小孩。還有認定「年齡有問題的是你」的那種態度——那你幹嘛跟我結婚？與其現在才要拿年齡差距作文章，為何不乾脆一開始就別把我列入考慮？

結果結子比預定晚了兩個星期才去醫院聽檢查報告。結子預約的那個休假，有員工聯絡說身體突然不適，想要請假，結子只好代班。後來工作一直很忙，一直拖到了今天——她切身體會到如果像這樣下去，將難以進行不孕症治療。已經準備好要生小孩的身體不可能配合工作延後，但也不能突然丟下工作不管。尤其是結子任職的店，靠著五名員工維持運轉，如果有人身體不適，其他人就必須協助彌補。但一忙碌起來，即使理智明白，現場還是會有人不滿：「怎麼連自己的健康都顧不好？」在這樣的狀況中，如果誠實地說出「我要進行不孕症治療」，有多少員工願意協助？這不像單純的感冒，治療不知道會持續到何時。她可以想像同事厭煩的表情：到底要配合你臨時變更班表和早退到什麼時候？——再說，在那個女人國宣布自己要進行不孕症治療，等於是主動成為俎上肉，叫別人來說自己的閒話。但結子也不認為能夠在隱瞞的情況下經常上醫院。

結子總算想到要擦眼淚，拿起鏡子，看到臉上的老態，更加沮喪了。然後她想起光顧店裡的丈夫上司的太太——身為女性的自信不斷地被摧殘。記得那女人和丈夫同年。小自己五歲的她，皮膚飽滿水嫩，一點都不像是有孩子的母親。

「你是不是太累了？」

看著結子這麼說的她，是看到結子的哪裡而這麼想？眼角的細紋？還是皮膚的暗沉？儘管心想「五年後你也會變成這樣」，但到時候結子一定會老得比她更厲害。

手機響了。是收到新訊息的鈴聲。不用看也知道是誰寄的。如果沒有她，自己一定連縱情大哭都做不到。

「標題：為什麼你要一個人默默承受？」

看似生氣，實際上卻是包容結子的這句話，又讓她的淚水潰堤而出。為什麼

ｍａｍａ總是能像這樣說出切中她心坎的話？

「……但是一定很難啟齒吧。我明白。不過一想到你一個人有多麼苦惱，我真的、真的感到切膚之痛。

謝謝你願意向我傾吐。」

結子想像網路另一頭的ｍａｍａ。她一定是個好心人。她要照顧孩子，還要工作，卻願意像這樣為自己這個陌生人花時間回覆。她的部落格最近排名迅速攀升，留言也很多。除了自己以外，一定也有人像這樣向她傾吐煩惱。她一定是個溫柔開朗的女人。最近上傳的穿搭文章有她和女兒的照片。雖然臉遮起來了，但散發出溫柔的氣質。

「……我沒有寫在部落格上，但其實我也經歷過丈夫外遇。和ＹＵＩ你不一樣，不是在進行不孕症治療的時候，而是即將生產的時候。得知丈夫外遇的時候，我的心真的都快碎了。」

咦！結子忍不住驚呼。

然後她想起來了。她已經把部落格從頭到尾讀過好幾遍，但ｍａｍａ生產後，大概有一個月的時間都沒有更新。結子認為應該是忙著育兒，不帶疑問地跳過了，不過那一個月之間，ｍａｍａ一定深陷煩惱之中。我可以原諒背叛自己的丈夫嗎？我要怎麼扶養和那個丈夫生下來的這個女兒——？

部落格重新更新以後，ｍａｍａ沒有任何埋怨，只是淡淡地分享日常。得知外遇這件事以後再重新回想，生產後的更新頻率很低，而且異於之前，ｍａｍａ不再抒發自己的感情。不過最近的文章——搬家後更新的內容，又恢復過去那樣，從螢幕另一頭傳來精采萬分的每一天。她一定是花了很久的時間，甩掉了對丈夫的懷疑吧。或許搬家就是為了與過去訣別。

太堅強了——結子忍不住喃喃道。要成為母親，就必須變得如此堅強才行嗎？

「我那時候也是，外子的工作愈來愈忙，經常晚歸。我覺得奇怪，看了他的手機……儘管我知道這是絕對不應該的行為。

結果我發現他和公司的後輩女同事一起去吃飯。

我很生氣，逼問了外子。

外子本來就很溫柔，個性也有點懦弱，所以立刻全部告訴我了。他說他外遇了。還說他只是玩玩，絕對不是真心的。

因為已經到了無法不生的時期，而且本來就沒有不生的選項，所以生下孩子後，我很煩惱往後我們要怎麼走下去。
然後我們談過很多次，一直到了今天。
ＹＵＩ，不管是好是壞，你現在都還不是母親。
不過如果你現在無法百分之百相信你先生，最好不要生小孩。不，就算不生小孩，也最好把事情弄個水落石出。
或許事實真相會讓人難過，但這是無法迴避的事。總有一天一定會出問題的。
拜託，請你一定要珍惜自己。不要假裝自己沒事。

ｍａｍａ」

——珍惜自己。
雖然經常聽到這句話，但以前結子不太瞭解實際上怎麼樣才叫珍惜自己。但是讀了ｍａｍａ的訊息，結子覺得好像抓到了什麼線索。那應該就是不欺騙自己的感情吧。受傷了就說受傷了，擔心的話就是擔心。承認這些感情，不否定自己。這一定就是珍惜自己。
結子平常在工作的時候，也都假裝自己不是自己。即使身體有些疲累，也叫自己撐下去，其實不想去的邀約，也不敢拒絕。
這麼一想，昨天下班後和木南夕香去小酌，絕對不能說是珍惜自己的行為。反倒說是自找罪受也不為過。

「我過來看看。」結子正要第二次去休息的時候，夕香出現在店裡。

「我收到特價廣告單，過來逛一下，你要休息了？」

夕香英挺的站姿一點都不像有個讀小學的女兒，令結子卻步。夕香這個女人擁有結子想要的一切。

結子本來要延後休息時間，好服務夕香購物，但夕香說：

「啊，沒關係，我自己隨便挑挑，你去休息吧。

……對了，你今天幾點下班？」

夕香知道員工和客人不能私下往來的公司規定，小聲附耳問道。簡而言之，接下來是私人話題。結子反射性地心想「我不想聽」。

「……到九點。」

「這樣啊。

「欸，今天我媽幫我帶女兒，很久沒一起出去了，要不要去喝個一杯？

就算晚一點回家，你老公也不會生氣吧？」

結子清楚，如果這時候不答應，夕香一定會追問：「那你什麼時候有空？」她知道夕香是那種非約到時間否則不肯罷休的個性。兩人的交情就是這麼久，而結子的個性又無法冷淡拒絕。

「我是沒關係，不過還要很久才會下班，可以嗎？」

「我完全沒問題。

才四個小時，我隨便打發就過去了。」

夕香說會預約以前常去的酒吧，結子道了謝，前去休息。她看見後場門上的鏡子，被那張看起來完全就是歡欣的笑容嚇了一跳。就連這種時候，我也笑得這麼開心嗎？「職業病」三個字掠過腦海。雖然不能在客人面前表現出感情，但這也太誇張了——她覺得自己就像不管從哪裡切開，都是同一張笑臉的彩繪糖。

為什麼愈是結子不想碰到的對象，就愈愛來糾纏她？這對結子來說是個嚴重的問題。不只是私生活方面，在職場也是一樣。

雖然有品牌形象，但實際來店的顧客類型卻無法一概而論。不過不同的店員得到的熟客，類型卻會隨著店員的個性而不同，差異大得相當有趣。

譬如說，結子的上一任店長，顧客裡有許多「聽話的好人」。對於店長推薦的商品，她們都會高興地說「很不錯」然後買下，而且個性不難搞，所以即使店長不在的時候上門，由其他店員接待也完全沒問題，願意消費購物。

但是今年做第二年的新人，得到的熟客都是些「愛八卦」的人。她們會天南地北地聊上一兩個小時，不過最後還是會消費。這個新人不只是對客人，無論對象是誰，都會笑咪咪地聆聽。結子可以輕易想像顧客就是喜歡她這一點。

至於結子的顧客——引用上一任店長的說法，很多都是「強勢而自尊心很高的人」。她們對結子推薦的商品很少作出正面肯定，大部分都會說「我不穿這種的」，看也不看，自己去找其他商品。這絕對不是結子無法掌握顧客的品味或喜好。事實上那些客人經常東挑西揀，最後說「我要這件」，把結子一開始推薦的衣服當成自己發現的一樣買回去，這種情形也不只一兩次了。

這些人如果遇到結子以外的店員，就絕對不會消費。結子曾在休假隔天去上班，被員工哭訴：「昨天真的有夠慘！」她們說，結子的客人絆住她們老半天，她們雖然努力推薦了許多衣服，客人最後還是說「你們不行。結子不在，我連衣服都不能買」，然後回去了。結子問她們推薦了哪些款式，但她們的選擇絕對不能說是錯得離譜。簡而言之就是「結子以外的店員推薦的衣服」不是衣服。

自己到底是什麼地方吸引了這種難搞的顧客——？以前的店長也提醒過她好幾次。這樣說雖然不中聽，但願意乖乖聽從店員推薦的客人就是好客人。這種客人願意買店員推銷的衣服，增加這樣的客人，對公司好處多多。但結子的客人卻是完全相反——

「當然，或許這不是想要怎麼樣就有辦法解決的問題。

再怎麼說，這類客人都是專程為了你到店裡來，一年消費四十萬圓以上，所以並不是件壞事。」

那是結子才三十二歲的時候，店長邀她一起去連鎖居酒屋喝酒回來的路上說的話。看到形象總是無懈可擊的店長一手抓著串燒雞肉，舉著啤酒杯大口喝酒的模樣，衝擊實在太大，但不可思議的是，就連這樣的動作看起來也很帥氣。

「不過，我覺得你還是稍微反省一下比較好。

你是不是對自己太沒自信了一點？我覺得客人也敏感地察覺了這一點……她們知道對你就算稍微無理取鬧一點，你也不會生氣。」

無理取鬧……結子的喃喃聲被附近座位的一群大學生的吵鬧聲給蓋過去了。

「而且啊，」店長接著說。「以後總有一天，你也要站在上頭帶人。該嚴格的時候就要嚴格，有時候也得反過來敞開心胸，讓員工依靠。所以你最好多關心別人一點。

「這也算是工作的一部分。」

譬如說哪些地方？結子想問，但她不喜歡囉唆，所以把話連同啤酒的碳酸一起吞了下去——沒錯，店長一定是在說，結子也應該和後輩建立起像「這種場子」的關係，還有應該要像她一樣，即使言詞有些嚴厲，為了本人好，該說的話還是要說。這些結子都明白。

——可是。

女生都是這樣的，被嚴厲地說上一兩句就會鬧脾氣，而那些話愈是正確，就愈招人恨。與其說出來惹人不高興，影響人際關係，刻意不說出某些話，不也是必要的嗎？

這樣說的結子也是女人。聽到店長把她說得對人漠不關心，便忍不住心生反感。啊，女人就是這樣才討厭。所以——我才討厭我自己。

不管別人說什麼，不管那些話有多過分、多教人生氣，結子內心某處卻不禁會想：「不過或許這話一針見血。」她明白這樣的毛病正反映出她自尊心的低落，然而她卻無力改變。她就是會反射性地這麼想。

結子所能夠做的，只有「假裝自己沒有受傷」。

「你的臉怎麼愈來愈像個男人了？」

來到約好的酒吧，夕香已經配著起司喝起了白酒。「不好意思讓你久等了。」結子說完在對面坐下，夕香立刻這麼說，讓她視線遊移起來。

「工作過度，真的就會變成那樣呢。

不可以喔，得好好提升一下自己的女人魅力才行啊。否則萬一老公花心，也沒法怨別人囉？」

夕香假惺惺地歪著頭說，瞬間，結子的動作定住了。夕香見狀說「開玩笑的啦」，又裝可愛地笑。

「不好意思，我跟外子關係好得很喔。」

結子也配合對方歪起頭說。儘管心裡覺得愚蠢，但她告訴自己，女人之間需要這樣的累積。

「咦？那你完全不會擔心丈夫外遇嗎？」

「完——全不會。」

結子裝出滿不在乎的表情，望向菜單，內心卻極度希望快點改變話題。如果再這樣繼續聊下去，她覺得自己會忍不住示弱，吐露：「其實……」

「那，你也沒看過老公的手機？連一次都沒有？」

「當然沒有。」

「都不會想看嗎？」

「不會。」

這是真的。不管再怎麼親密的關係，還是應該避免侵犯對方的隱私。即使是夫妻也一樣。

「咦？那是因為你沒有自信吧？」

夕香誇張地大聲說。結子在意起周圍的視線，壓低聲音說：「很丟臉耶」。

「不管感情再怎麼好的夫妻，還是得定期檢查一下比較好喔。這是常識。世上的太太都是這麼做的。

有什麼關係？就看一下嘛。

如果發現什麼都沒有，放下心來，反而可以讓兩人的關係更親密不是嗎？

結子，其實你只是在害怕正視現實罷了。」

夕香叫住服務生，任意點東點西，而結子點了莫斯科騾子。喝起來沒什麼酒精味，其實度數很高的這款雞尾酒，對於想要快點喝醉的結子來說，最適合不過。

結子重讀ｍａｍａ的回信，回想起以前的店長和夕香說的話，悟出她們的說法和態度雖然不同，但說的都是同樣一回事。

——對自己太沒自信。

——害怕看到現實。

——假裝沒事。

自己到底是從什麼時候開始變得這麼軟弱的？結子無法想起轉折點。或者自己從一出生就是這個樣子，只是沒有自覺而已？

結子從小就經常被大人說是「獨立的孩子」。找不到人擔任班級幹部時，大家把她當成最後的依靠似地拜託，父母也說她「不用人操心」，讓她覺得很驕傲。但她絕對不是想要當幹部才當的，也不是不想對父母撒嬌。她只是察覺如果自己不接受，場面會變得很僵，而且她害怕麻煩都要工作的父母，讓他們生氣。簡而言之，她就是害怕坦白說出自己的心情，遭到否定，所以在說出口前就自己吞下去了。

——或許這才是不珍惜自己。

既然想要知道，就沒必要克制想知道的心情。也許這並不是什麼可恥的事。

她聽見走上公寓階梯的腳步聲，伴隨著男女的歡笑聲，門關上的聲音之後，又落入一片寂靜。是隔壁的夫妻回家了吧。他們平日也常這樣結伴回家。是職場很近，還是偶然在路上遇到？結子見過他們幾次，是一對還很年輕的夫妻。有時候打開窗戶，只剩下紗窗，即使到了深夜，仍然可以聽見他們開心地在討論什麼。就像才剛交往不久的情侶，聊得再多都無法滿足，那種熱情讓結子多次羨慕不已。但每次她都告訴自己：我已經沒那麼年輕了。

可是，不要再像那樣假裝認命了。對想要的事情說想要，有什麼不對？

丈夫洗澡的時候，都會把手機放在臥室的邊桌上，這一點她已經意識到很久了。她會壓抑想要查看手機的衝動，是因為就像夕香說的，她害怕知道真相，還是因為她不想變成因嫉妒而瘋狂的女人？她只是想要看個一次，得到安心。結子這麼辯解，拿起手機。充電中的那塊金屬散發著熱度，宛如生物。

她想趁淋浴聲還在作響的時候結束一切。結子匆促地觸摸螢幕，出現「請輸入密碼」和十個數字鍵。上鎖了。心臟一跳：他有什麼心虛之處嗎？——我絕對要看到內容。

結子首先輸入丈夫的生日，打不開。那——她輸入結婚紀念日，還是不行。接著輸入自己的生日、丈夫的手機末四碼、自己的手機末四碼、婆婆的生日，但全都不對——螢幕顯示「一分鐘內無法使用」。結子不知道連續輸錯六次密碼，手機就會暫時無法使用。這也是夕香說的「常識」嗎？

這時傳來丈夫打開浴室門的聲音。結子急忙把手機放回邊桌，若無其事地鑽進床上。

——拜託，不要碰手機。

然而結子的祈禱落空，丈夫用毛巾擦著身體，急忙走向手機。

「把身體擦乾，你會把床弄濕的。」

「等一下再擦。我忘了工作要傳個緊急訊息。」

丈夫拿起手機，就這樣僵住了。結子覺得臥室似乎響起吞嚥口水的「咕嚕」聲。

「……你碰了我的手機？」他回頭問。「為什麼？」

結子打從心底後悔沒有開誠布公地向夕香傾吐，問她被抓包時該怎麼辦。她完全不知道該怎麼做才是對的。

「為什麼？」

丈夫再次厲聲質問，結子虛弱地回應：「我想要確定……」

「確定什麼？」

結子想不到該說什麼，沉默不語。鄰家傳來夫妻的笑聲，一股無以名狀的空虛跳躍似地從胃部湧了上來。怎麼會變成這樣？為什麼我們沒辦法像他們那樣？

「……你以為我外遇了？我每天工作忙成這樣欸。」

丈夫深深地嘆氣，一陣沉默。

「……我沒想到會被你這樣背叛。」

結子第一次看到丈夫露出鄙夷的眼神。太可怕了。但是看到對方毫不掩飾感情，結子也被觸發似地，原本壓抑的情緒像洪水般橫溢而出。

「……嗎？」

「咦？」丈夫反問。

「因為結婚以後，你再也不碰我了不是嗎？」

儘管理智清楚不可以責怪，卻怎麼樣都克制不了自己。

「就算我若無其事地暗示，你也都推說今天很累，轉身背對我，你知道每一次我都被傷得有多深嗎？

不肯親我、也不跟我牽手。我一清二楚地知道你都小心翼翼地避免碰到我。你這樣還要別人不懷疑你，不是太強人所難了嗎！」

結子一股腦地說完後，淚水奪眶而出。愈是叫自己別哭，淚水愈是停不住。

「而且吃飯也是！

每次我說要做飯給你，你都說不餓！可是你在公司都吃學長太太做的飯菜對吧？我都知道的！

你學長的太太跑到我們店裡來了！你知道她跟我說什麼嗎？她說你最近很累，所以她很照顧你，叫我也要多關心你！什麼跟什麼？她憑什麼跑來跟我說這些？

我到底算是你的什麼？」

結子不希望丈夫認為她是在發動眼淚攻勢，卻又矛盾地期望如果哭泣能讓丈夫醒悟——能讓丈夫碰她的話，那也無所謂。

然而丈夫卻別開眼神沉默了。結子覺得不對勁。求求你，快點否定，然後抱緊我啊！

丈夫從衣櫃抓出居家服穿上，留下一句「我出去一下」，離開房間。

「等一下！你要去哪裡！」

結子抓住丈夫的手臂，卻被明確地甩開了。

「……抱歉，我現在沒力氣跟你吵這些。」

門板發出誇張的巨響關上，結子茫然佇立在前方。她發現不知不覺間，鄰家寂然無聲。他們不怎麼大的話聲都被結子聽見了，剛才的騷動一定全都傳進他們耳中了。是顧慮他們而停止了說話，還是正在豎耳聆聽？

——到底要等到什麼時候才好？這陣子結子一直在等。等丈夫回家，等丈夫碰她，等懷上孩子。等，表示現在還沒有，表示還不充分。

她一直以為結婚就會幸福了。即使無法過著奢侈的生活，但可以和丈夫建立起舒適的生活，過著浸淫在幸福的每一天。然而現在結子卻沒有一樣是滿足的。沒有得到任何一樣她所期盼的事物。

——到底什麼時候才能幸福？

如果有人知道答案，拜託告訴她。她已經等累了。

＊＊＊

下腹一陣痠痛，春花衝進廁所，不出所料，月經來了。她開心得滲出淚水——沒有懷孕。

春花的生理期本來就不規律，所以無法正確掌握自己是何時排卵。但是光每個週末一定都有一天會來她的住處，和她上床，即使這些日子的某一天遇上排卵期也不奇怪。

她沒有配水，直接把口袋裡的止痛藥吞下去，急忙趕回職員室。午睡時間再三十分鐘就結束了，必須在那之前寫完聯絡簿。

根據托兒所的方針，聯絡簿應該要班導和副班導各負責一半，但是最近美穗都全部丟給春花做。她說如果讓春花去哄小孩睡午覺，會鬧得不可收拾，這讓春花憤憤不平：到底是誰害的？

大人做的事，小孩看得一清二楚。

春花到前面帶動唱時，美穗對孩子們說「真無聊呢」，就會變成「無聊」，而且美穗瞧不起春花，孩子們也會跟著瞧不起春花。小孩子因為純真無邪，所以大人說什麼他們都會照單全收，不是透過思考，而是出於本能分辨該聽話的對象和不必聽話的對象。沒辦法，全怪大人不好。

回到職員室一看，美穗坐在自己的辦公桌，正在和其他班級的保育員談笑風生。有空聊天，怎麼不來幫忙？春花心裡嘀咕，但不打算說出口，反正說了也是白說。

「美美老師，你聽到那個傳聞了嗎？」

兩歲班的班導說。

「什麼傳聞？」

「夏紀的媽媽可能有外遇。」

春花握原子筆的手忍不住停住了。

「咦？真的假的？看不出來啊。」

「啊，我也有聽說。其他的媽媽都在說，她最近成天抓著手機不放，還在自行車停車場那裡傳訊息傳個沒完呢。」

「而且她好像變得不太一樣了呢。以前總是畏畏縮縮，最近卻一副大剌剌的樣子。」

「對對對，可是不只是這樣而已喔。

……聽說有決定性的證據。」

春花抬頭，看見保育員們賣關子地交頭接耳的嘴臉。

「站前不是有一棟大廈公寓嗎？

有人看見她跟男人走進那裡面呢！」

咦！誇張地尖叫的她們，看起來比在速食店毫不避諱他人眼光地大聲喧譁的年輕人更愚蠢。春花想，就是這種人在帶孩子，孩子會變得扭曲也是沒辦法的事，真是世界末日了。

但是她們的八卦也有不容錯過的訊息。如果這是真的，對孩子來說，再也沒有比這更嚴重的背叛了，更何況夏紀現在情緒非常低落。

大概是夏紀和喜姬發生衝突後不久，托兒所養的兔子死掉了。第一個發現的是夏紀。

「春花老師，救救小兔子！」

夏紀會來向春花求救，除了討厭美穗以外，應該也是知道從四月開始，是由春花負責照顧兔子吧。事實上，春花在打掃兔子小屋的時候，夏紀也來幫忙過幾次。夏紀不想待在教室，跑出去庭院的時候，大部分也都是靜靜地待在兔子小屋前。

春花被夏紀帶著趕往兔子小屋，發現小兔子全都倒在地上，一看就知道已經死了。

「老師，小兔子還好嗎？救得起來嗎？」

夏紀懇求地說，但春花無能為力。小屋的鐵絲網有齒痕般的痕跡，被咬得破破爛爛，也許是遭到野狗之類的攻擊。後來春花在網路上查了一下，發現兔子如果遇到無法承受的驚嚇，有時會因為壓力過大而心臟停止。

春花對夏紀說小兔子上天堂了，但夏紀好像受到很大的打擊。春花很擔心，想要把這件事寫在聯絡簿上，卻被美穗制止了。美穗似乎是擔心被家長抗議「誰叫你們在托兒所養什麼動物」——然後，這次春花也屈服了。

從此以後，夏紀再也沒有跑出教室，卻總是一副泫然欲泣的表情，讓春花很擔心。但結果她還是無能為力。

千夏子比平常早一點來接夏紀時，春花忍不住以刺探的眼神看她，因為她想起了剛才聽到的八卦。千夏子的右手緊緊地握著手機，讓人覺得八卦似乎有部分真實性。

「小夏，媽媽來接囉！」

春花呼喚，夏紀立刻拿了東西跑到門口，然後抱住千夏子說：「媽媽，我要尿尿！」

「真是的！為什麼不會自己先去！不是跟你說今天很忙嗎！」

千夏子情緒性地對夏紀發怒，把東西放在走廊的鞋櫃上，拉著夏紀趕去廁所。春花覺得夏紀一定是退化成小嬰兒了，希望母親只關注自己一個人。如果做媽媽的可以對孩子溫柔一點就好了，千夏子就那麼忙，忙到毫無道理地對孩子發怒嗎？

這時春花看到千夏子毫無防備地丟在鞋櫃上的手機——腦中浮現不該有的念頭——想看她的手機。

不管外遇是真是假，春花都插不上手，總不可能警告千夏子「不准外遇」。但行動幾乎是無意識的，四下張望，確定沒有人在看——她把手機放進圍裙口袋裡。

從廁所回來的千夏子抓起東西，拉著夏紀的手往大門跑去，好像沒注意到手機不見了。

春花回家躺在被子上，手機響了。不用看也知道，是光傳訊息來了。

「下週末行程怎麼樣？如果要上班，幾點下班？」

有一次因為活動，春花週末兩天都要上班，想要拒絕和光見面，從此以後，光連她工作以後的安排都要逐一問清楚。春花叫他不必這麼勉強，結果光說：

「可是你也想要快點有小孩吧？」

聽到這麼直接的回答，春花嚇到了。遲鈍有時候真的讓人害怕。

春花沒有多想，回覆「星期六的話，六點下班」，從包包裡取出千夏子的手機。

她沒有檢查另一半手機的那種心虛，而是感到一種鑑識人員處理證物般的正當性。她原本擔心萬一有上鎖怎麼辦，沒想到直接就打開了，把她嚇了一跳。如果有外遇，應該會好好上鎖吧，八卦或許果然是亂傳的。春花鬆了一口氣，滑動螢幕。訊息全是丈夫或打工地點的聯絡，好像也沒什麼朋友，沒看到疑似外遇對象的蛛絲馬跡。還是人外遇的時候，會把資料全部刪除，免得留下證據？打開資料夾，檢查照片——她看到一張熟悉的照片。到底是在哪裡看到的？春花尋思，赫然想到了，是春花每天都在看的留言版當成「觀察對象」的部落格照片。

難道——她心想，捲動螢幕。也許千夏子也是那個部落格的讀者，只是把圖片儲存下來而已。她用自己的手機打開部落格，與資料夾裡的圖片檔相比對。

……這時她發現了。

部落格上的照片用修圖軟體遮掉了臉部，但千夏子手機裡的照片沒有修過。至少那不是從部落格存下來的圖片。

她檢查千夏子的手機儲存的書籤頁，打開裡面命名為「我的部落格」的網站，出現「WELCOME HOME BABY～～歡迎來到我溫暖的家☆」的管理頁面。

——錯不了。

那個部落格的格主就是千夏子。而她自稱自己和女兒的照片，並不是她和夏紀，應該是拿朋友的照片來用。她明白千夏子愛慕虛榮的心情，因為未修圖的照片上的女人，是個眾所公認的美女。可是……

——部落格裡還有其他的謊言。

不是最近的事，而是更久以前，從夏紀出生的瞬間，長達四年之久，千夏子都在撒謊。

光是看部落格應該不會發現。如果不是實際認識千夏子和夏紀，絕對不會發現。但是只要認識他們，就一定會發現這個謊言。太過分了，春花想。對孩子而言，這是絕不能有的殘忍背叛。

——我要把這個部落格逼到關閉。

憤怒有時會成為推動一個人的燃料。春花用自己的手機打開千夏子的部落格，寫下留言。

「你在撒謊。我都知道。」

她想看千夏子會有什麼反應。

*

「要不要一起去試上游泳教室的課？」

星期日下午，柚季打電話來邀約。

「啊，可是我好一陣子沒穿泳衣了……」

站在身材姣好的柚季旁邊？還有比這更慘的事嗎？千夏子正想拒絕，結果柚季笑道「不是啦」。

「不是我們，我是說小杏跟夏紀。」

聽到這話，千夏子也笑了：「噢。」

「我想要讓小杏學點什麼，但一個人又有點不安。

「所以如果可以的話，要不要一起去試上一下？」

「嗯，好啊。游泳課是星期幾、幾點開始？」

千夏子詢問詳情，當場答應會去，掛了電話。與柚季講完電話後，千夏子總是神清氣爽。因為柚季長得美，又有錢，自我評價卻很低，非常依賴千夏子。

「一個人有點不安喔？」

每次柚季找她喝茶，或是像這樣拜託她，千夏子就覺得自己的價值提升了。這就近似於聽到ＹＵＩ的不幸遭遇。不，或許更爽。

千夏子在事前請打工領班讓她提早下班，星期五去托兒所接夏紀，然後騎著自行車前往柚季說的游泳教室。梅雨季已進入尾聲，感覺得到豔陽正灼烤著皮膚，但她的心情好到連這都覺得舒服。今天早上她的部落格在分類排行榜打進了前十名，這是四年來的第一次。這一切都得感謝柚季，幸好那時候告訴她雞蛋在哪裡。

千夏子在停車場停自行車的時候，柚季和小杏從車上下來，向她打招呼。夏紀看到小杏，也開心地笑了。明明就可以像這樣討好人，在托兒所怎麼就不會？千夏子覺得氣惱。

「夏紀會怕水嗎？」

「怕喔，怕死了。現在洗頭的時候還是要戴洗髮帽，要不然就會哭著不要洗。」

「啊，真的嗎？幸好，其實小杏也是呢。」

兩人在櫃臺問了寄物櫃的位置，換好衣服，把孩子們交給在泳池入口等待的教練。

「媽媽們可以在那邊的休息室參觀。」

兩人移動到與泳池相鄰的房間。走進裡面一看，有一整排和五十公尺泳池平行的玻璃窗，可以清楚地看見孩子們的狀況。但牆上貼著「禁止拍照」的告示，讓千夏子感到扼腕，不能把照片放上部落格了。

她們在窗邊的水藍色長椅坐下，聞到懷念的氯氣味道。

「聞到這個味道，就會覺得夏天到了呢。」

柚季笑道，然後忽然說「啊，對了」。

「你和夏紀的名字裡面都有個『夏』字，是因為在夏天出生的關係嗎？」

「嗯，是啊。

或者說，其實我們同一天生日。」

「咦？你跟夏紀是同一天生的？」

「對。」千夏子點點頭。柚季像個孩子般開心地說「好厲害」，但千夏子的心情卻一下子沉到谷底。當時醫生告訴她的預產日，也是千夏子的生日。那時候她也像柚季一樣覺得「好厲害」，開心極了。啊，這果然是命中注定，這孩子就是注定要來當我的孩子的——然而，她還是無法甩掉第一眼看到夏紀時感受到的排斥。

「啊，一開始會像那樣坐在泳池旁邊，練習讓腳泡水呢！」

柚季看到自己的孩子，送上閃閃發亮的眼神。千夏子心想，如果自己的孩子是「像小杏一樣的孩子」，她也可以幸福地投入育兒了。如果是像小杏一樣的孩子的話。

「你們是今天來試上的家長嗎？」

一名走進休息室的婦人對兩人攀談。「是的。」柚季回應。

「啊，太好了！我的孩子也是今天開始上課。」

她在柚季旁邊坐了下來。

「這樣啊。

我們是來參加玩水班，你呢？」

「啊，我們也是！

太好了。我家的孩子真的很怕水，不知道能不能適應呢。」

「我家的孩子也怕水，所以才想要讓她來學游泳。

對吧，一定沒問題的吧？」

柚季轉頭看過來，千夏子「嗯」地笑道，望向女人……然而女人根本沒在看千夏子，她的雙眼直盯著柚季。瞬間，千夏子全身僵住了，沒有人需要她。在談笑風生的兩人旁邊，千夏子無事可做，只好望向泳池。她看見小杏開心地笑著，旁邊的夏紀在哭。那孩子為什麼沒有一樣事情做得好？

「來上玩水班的嗎？我們家的已經上了一個月了。」

坐在其他長椅看著的婦人出聲搭話，對象依然是柚季。在熱絡地聊起來的三人旁邊，千夏子好不容易才能保持平常心。

就算待在柚季旁邊，也不是就連自己都變得特別了。光彩照人的是柚季，而站在她的陰影處的是千夏子……世上還有比這更淒慘的事嗎？

「如果你願意，上完課後要不要一起去喝個茶再回家？

旁邊有家咖啡廳，價位不貴，氣氛也很適合帶小孩去。」

後來搭訕的婦人這樣提議。

「好啊，我想去。

千夏子呢？你有時間嗎？」

被柚季以無憂無慮的眼神這麼問，千夏子難堪極了。柚季是真的不懂吧，人家邀的是她，可不是千夏子。

「不好意思，

今天外子會早點回來。」

她想了個無傷大雅的藉口回絕，又沉默下去。好想快點離開這裡。

換好衣服後，向前往咖啡廳的她們道別，千夏子全力踩起自行車。看吧，她想。看吧，就算沒有我，她還不是一樣會去咖啡廳？她根本不需要我。

千夏子決定即使柚季要讓小杏上游泳課，也絕對不讓夏紀去。她已經受夠這種淒慘的感覺了。

結果就算沒有千夏子，柚季還是可以交到一堆朋友。然而卻說什麼「和你變成朋友太好了」、什麼「我一個人有點不安」。她不管對任何人都說這種話吧？啊，上當了。太蠢了，氣死人了。

聳立在眼前的大廈公寓可恨地反射著光芒。不管在哪裡都看得到的那棟建築物，現在光是坐落在那裡，就令人看了惱恨。就連放在部落格上的照片，她都不想再看到了。

——就好像魔法失靈了一樣。不管再怎麼用謊言矯飾，提升排名，她還是會認清到現實根本不是如此。只是徒增淒涼而已，不是嗎？

感覺即使就這樣回家，惱怒的情緒也無法平息下來。這時公共電話亭映入眼簾。儘管覺得幼稚，她卻停下自行車，叫夏紀乖乖待著，走進電話亭。

柚季家的電話號碼，她可以直接背出來。她就是反覆看了那麼多遍柚季給她的便條紙。

被柚季那樣的人需要，讓千夏子開心。她覺得有人肯定了她的價值。可是，現在不同了。

她投入十圓硬幣，按下柚季家的號碼。她知道不會有人接。現在柚季正快樂地與朋友交流。

等到切換成電話答錄機後，千夏子敲打話筒邊緣三下。

——我、恨、你。

然後故意重重地放下話筒。她深深吸氣，用力吐氣，覺得爽快了一點點。柚季最好享受聊天之後回家，聽到惡作劇電話，驚嚇一下。

為了保險起見，千夏子翻找包包裡的手機。或許ＹＵＩ又傳訊息來了。她說她終於試圖看丈夫的手機，結果被抓包，兩人大吵一架。或許又有什麼新進展了。

——拜託，你一定要變得更不幸。這樣我就可以覺得自己沒那麼慘了。

千夏子祈求似地摸索皮包，卻遍尋不著手機。怎麼會？她焦急起來，把皮包裡的東西全倒到地上——沒有手機。

是掉在游泳教室了嗎？還是忘在寄物櫃裡了？

「爛透了！」

千夏子狠踹電話亭的門大叫。

——啊，可惡，怎麼這麼不順！這些爛事全都是夏紀害的！

「我們回去！」她恨恨地說，踩起自行車。視野一隅瞥見正俯視著自己的大廈公寓。

第四章

＊＊＊＊

電話響了三聲，想要接聽的瞬間就斷了——又來了。高木柚季輕嘆一口氣。

「是爸爸打電話來嗎？」

正在桌上畫圖的小杏抓著蠟筆跑過來問。

「不是，掛斷了。大概是打錯電話吧。」

「咦！爸爸還沒有要回家嗎？」

小杏用力鼓起腮幫子，但她的睏意似乎已經到達極限了。眼皮沉沉地蓋下來，兩邊嘴角也垂了下去。

「爸爸早上不是說工作很忙嗎？

小杏，你聽好，因為爸爸每天工作到好晚，我們才有飯吃，也才可以去游泳喔。所以小杏也要乖乖聽話，忍耐到爸爸休假喔。」

柚季對小杏諄諄教誨，小杏點點頭說：

「好！那小杏再幫爸爸捶肩膀！」

看到女兒張大鼻翼挺起胸膛這麼說，柚季忍不住笑了。上次休假，丈夫幸次郎用了小杏給的「捶肩券」，結果被女兒過度認真的拳頭捶傷肩膀，好幾天都得貼著痠痛貼布去上班。因為他稱讚「小杏力氣真大」，讓女兒捶得更起勁：「小杏還可以更大力！」但柚季可以輕易想像，丈夫應該沒辦法拒絕可愛的女兒想要慰勞爸爸的心意。

柚季抱起就快睡著的小杏，把她帶去兒童房。剛搬來的時候，她佈置得最用心的就是女兒的房間。這棟公寓是租的，所以純白色的壁紙無法更換，但她運用各種壁貼，全面打造成符合女兒喜好的房間。

床邊的牆壁是一整片森林，周圍有色彩鮮豔的小鳥自由飛翔。松鼠在樹梢吱喳談笑，小兔子在森林裡盡情奔跑，其中一隻跑累了，蜷成一團正在睡覺。小杏在床上睡覺時，只要轉向牆面，剛好就可以和小兔子額頭抵著額頭一起入睡。小杏很喜歡動物，最喜歡的就是兔子。柚季貼上這些壁貼，就是為了讓小杏在半夜忽然醒來時，也能安心不害怕。

小杏把住在牆上的動物全部取了名字。而不管教他多少遍丈夫就是記不住，有時候會被女兒臨時抽考。丈夫為了記住，還筆記起來隨身攜帶背誦，他真的是個好父親。但是想到五年後必須搬離這個家的那一天，柚季便感到有些難過。她打算把壁貼全部撕下來，讓牆面恢復乾淨，即使可以保留下來，也還是一樣必須與牠們道別。或是小杏長到九歲的時候，就不再需要牠們了？

柚季和小杏一起躺到床上，原本像刺蝟般豎起的神經稍微平靜了一些。她認為有時候人待在陰暗狹窄的地方，反而能夠安心。這一定是因為體內還保留著待在母親肚子裡的記憶。

「媽媽，我要聽繪本。」

每個小孩都像小杏這樣，一躺上床就會醒過來嗎？柚季問她要聽哪一本。

「雙胞胎小兔子的繪本！」

聽到不出所料的答案，柚季微笑，從床邊的書架抽出一本繪本。這是以雙胞胎小兔子為主角的繪本，姊姊叫小海，弟弟叫小空。小杏最喜歡這套系列，兩隻兔子會一起做點心、編織，有時候去森林冒險……小杏會要求想要上游泳課，也是因為看到小海和小空去海邊戲水。柚季抽到的剛好是《小海和小空一起去海邊》，應該平靜下來的內心又不安地動盪起來。她感覺到女兒期待的眼神，無法再把書塞回架上。她立下決心，在床沿坐好。

「從前從前，某個地方住著兩隻小兔子。牠們是雙胞胎，姊姊叫小海，弟弟叫小空。」

柚季朗讀起開頭千篇一律的文章，小杏在她的懷裡陶醉地看著插圖。小海和小空穿著同款的條紋泳衣。小杏新買的泳衣也是這種款式。不行。即使叫自己別想，柚季還是對剛才的電話耿耿於懷。這幾個星期以來，她飽受那些不知道是誰打來的電話所困擾。電話並沒有說什麼。有時她正要接起來就掛斷，或是即使接了，也在默默無語中掛掉。這些大概每隔四天打來一通、無法判斷是不是惡作劇的電話，竟讓她害怕到這種地步，或許太說不過去了，但她就是忍不住要揣測。

——或許家裡的電話被「她」知道了。

「媽媽。」

小杏難得會打斷她讀繪本。「怎麼了?」柚季看小杏的臉。

「小夏為什麼不來學游泳?」

柚季也正在想這件事。試上游泳課的隔天,柚季打電話問千夏子要不要讓夏紀去上課。小杏興致勃勃,說絕對要去,而且一開始怕水的夏紀,最後也敢把臉泡進水裡了。一起去咖啡廳的媽媽們人也都很好——她們都各有各的育兒煩惱,但也都積極地面對這些問題,讓人很有好感。如果是和這些人,或許可以向她們傾吐「那件事」。她這麼感覺。

小杏交到新的朋友,好像也很高興。但是她最要好的朋友還是一樣,只有「夏紀」一個人。所以千夏子說夏紀不學游泳時,她覺得遺憾極了。千夏子抱歉地說因為不確定工作每次都能提前下班,但後來不管柚季再怎麼邀約,她都不來家裡玩了。然後每次柚季就會起疑:會不會是「她」對千夏子說了什麼不好的話?所以千夏子才會避著柚季和小杏?仔細回想,第一次接到奇怪的電話,就是在試上游泳課之後。她心情愉快地回到家,打開電話答錄機——卻只聽到意有所指的敲打話筒的聲音,然後掛斷了。

——別、想、逃。

一陣恐懼襲上心頭，就好像一隻冰冷的手從腳底下伸出來抓住她，把她一口氣拖進地板下。或許「她」已經來到附近了。可是怎麼會？她怎麼會知道我在這裡？

「我想跟小夏玩，我們再去小兔子的家嘛！」

小杏伸出雙手抱住柚季的脖子，整顆頭蹭向她的臉頰，這是她睏了的證據。柚季輕拍她的背。

「不可以喔，你會害小夏被老師罵的，那樣小夏太可憐了。」

小杏噘起嘴唇，但還是點了點頭。只要好好說她就會懂。她對愁眉苦臉的女兒說「還有機會跟小夏玩的」。

小杏說的小兔子的家，是夏紀讀的托兒所的兔子小屋。她們搬來這裡以後，柚季帶小杏去散步的路上偶然發現了那個地方。小杏是第一次在近處看到真的兔子，雖然覺得在托兒所附近晃來晃去似乎不太好，但柚季心想「一下子就好」，讓小杏在圍欄外觀察兔子。

柚季只有在大家都在室內，沒有人在院子的時候讓小杏看兔子，但是有一天，一名園童跑出教室走近過來。那就是夏紀。

「那個，小兔子如果嚇到就會死掉喔。所以不可以嚇小兔子，只可以安安靜靜地看牠們喔。」

夏紀慢慢地，但明確地這麼說。柚季立刻就發現夏紀是在制止小杏為了吸引兔子的注意而敲打圍欄的舉動。

「對不起，我們都不知道。謝謝你告訴我們。你喜歡兔子嗎？」

柚季道歉並問道，夏紀露出有些驚訝的表情點點頭。

「小杏也喜歡兔子！我們一樣！欸，你摸過小兔子嗎？軟軟的嗎？」

也許是尊敬博學的小孩，小杏不停地對夏紀說話。夏紀起初有些不知所措，但還是告訴小杏許多事。從此以後每次散步，柚季都會順路去看兔子小屋。夏紀有時候在那裡，有時候不在，但是看到小杏交到新朋友開心的樣子，柚季也覺得高興。然後她納悶起來：那孩子是哪一家的小孩？

如果進去托兒所，或許有機會認識，但柚季已經決定在小杏上小學，可以自己一個人待在家以前，她不會出去上班。

就在這時，柚季在超市的自行車停車場看到夏紀和母親在一起。她忽然興起出聲攀談的念頭，卻又不敢。她不知道該說什麼好。在托兒所的兔子小屋跟夏紀變成朋友？太可疑了，她搖頭否定這種說詞。自從發生過「她」的事以後，柚季便會不必要地煩惱自己所說的話會被對方如何解讀。而且夏紀是個好孩子，並不保證母親也會是個好人。

但是就在這時，意想不到地，千夏子在超市主動向她說話了。

——請問你在找雞蛋嗎？

表情有些緊張。不強加於人、若無其事的好意令柚季開心。然後她下定決心了。跨出一步吧！和她說話吧！

所以千夏子答應她突然的邀約，讓柚季真的很開心。但唯一令她憂心的是，自己沒有說出夏紀和小杏從以前就認識。夏紀被千夏子帶來家裡，看到柚季和小杏的時候很吃驚。這也難怪，因為夏紀並不知道自己來作客的人家就是她們兩人的家。不過千夏子去洗手間時，夏紀偷偷對柚季說：「拜託，不要跟媽媽說我們一起在兔子小屋玩，萬一被媽媽知道，她會生氣。」柚季已經和夏紀勾手指約定好絕對不說，她不能失約。

雖然隱隱約約，但柚季感覺夏紀在托兒所過得不是很好。在兔子小屋前聊天的時候，有幾次其他女生跑來找夏紀。「現在是大家一起畫畫圖的時間！」伶牙俐齒的那個女生和小杏不一樣，感覺相當老成。然後那個女生說：

——你這樣會被美美老師討厭的！

如果說「老師會生氣」，那可以理解。但「被老師討厭」，聽起來很奇怪。

從此以後，柚季盡量不去托兒所附近了。萬一因為柚季和小杏，害得夏紀挨老師的罵，那夏紀就太可憐了。而且——

夏紀來家裡玩的時候，曾經瞞著千夏子和小杏，偷偷對柚季說：「小兔子死掉了，所以絕對不可以來喔。小杏會傷心的。」

這孩子的心地實在太善良了。明明自己一定也很傷心，卻擔心小杏，替她著想。如果和這樣的孩子交朋友，小杏一定也能長成一個善良的好孩子。

但是現在不管怎麼想，千夏子都是在躲避自己。也許認定是「她」在搞鬼，太操之過急了。可是除此之外，柚季實在想不到別的可能了。

手臂一陣沉重，看看小杏的臉，她已經墜入了夢鄉。柚季闔上唸到一半的繪本，悄悄抽出手臂免得吵醒小杏。輕輕撥開黏在額頭上的劉海，注視女兒的睡臉。好幸福，柚季輕聲嘆息，世上再也沒有比這更幸福的事了。只要能守護這份幸福，要她付出什麼代價都願意。

打開床邊的菇菇造型燈，熄掉房間的電燈離開。宛如飯店客房的走廊仍然讓她覺得隔閡。搬來這裡已經四個月了，但她還是不太適應，這裡對柚季一家太高級了。

回到客廳，把窗簾完全拉上，遮蓋窗外的風景。遠離地面的景色，總讓人感到坐立難安。就好像腳下飄浮不定，讓人陷入總有一天會倒栽蔥跌下去的不安。

搬來的那天，柚季對丈夫這麼說，丈夫笑道「我也是」。還說「看來我們沒辦法變成有錢人」。

「不過只有哥他們調職的這五年而已。

否則憑我的薪水，實在住不起這種大廈的這種樓層。

就當作凡事都該經驗一下吧。」

如此笑道的丈夫沒有自虐的感覺，讓柚季很欣賞：他真的很尊敬他哥哥。而且除了位於高樓這一點以外，願意以低廉的租金讓他們住在這裡，真的值得感謝。大伯說「我不想讓房子閒置五年，但又不想租給不認識的人」，這話應該是真的，但柚季也覺得這個提議是為了遇到「她」的事的柚季著想。她無論如何都想逃離住慣了的那個地方。從這一點來說，這棟公寓再適合不過。大門是自動鎖，又有櫃臺人員，安全性無可挑剔。

柚季從大伯留下的冰箱取出裝麥茶的瓶子，倒入杯子。她每次看到，總要感嘆這冰箱真是大。以前的家使用的冰箱，是丈夫在外獨居的時候就在使用的老古董了。用的時候得費點心思，而且像柚季出門採買，又遇到丈夫買蛋糕回家時，就得像積木拼圖一樣運用空間——但那些日子是他們一家人的寶物。搬家的時候，那個冰箱丟掉了，所以已經不在世上了。這麼一想，柚季一陣難過，身體哆嗦了一下。

丟掉的不只是冰箱而已。洗衣機、吸塵器、折疊床，全部。現在丈夫的通勤時間延長到一小時，以前常去的公園、固定去的髮廊，全都變得好遠。

即使付出這些犧牲，也想要得到的「安心」及「思考的時間」——而這些又要遭到威脅了嗎？

「我回來了。」

突然響起的聲音把柚季嚇了一跳，麥茶潑到地上了。

「……嚇我一跳。」

丈夫笑著遞出面紙。「你不知道我回來了？」

「完全沒發現。

這個家果然太大了。」

兩人一起擦拭地板上的褐色水漬笑道。

「小杏呢？」

「你晚了一步。

她努力撐著，但剛剛睡著了。」

「這樣啊……」丈夫伸著懶腰倒在沙發上。據說是大嫂最近迷上的北歐家具，是這個寬闊的家裡唯一帶給柚季一家人親密感的家具。這如果是暴發戶式的裝潢家具——譬如說一走進玄關，就有波斯地毯迎接，客廳鎮坐著黑色皮革圓扶手沙發——別說放鬆了，感覺隨時都得正襟危坐才行。

「那你們今天好好外出了嗎？」

丈夫問，柚季驕傲地挺胸說「當然」。

大廈公寓的缺點是出門很花時間。而且柚季光是與人見面就需要鼓起莫大的勇氣——丈夫到現在依然記得搬來這裡之前，她幾乎一整天足不出戶的日子，為她擔心。所以她還沒辦法說出口——說出最近家裡接到的那些電話。她不想說出不確定的事，讓丈夫操多餘的心。

「了不起，了不起。」

丈夫說，張開雙臂。柚季坐到他旁邊，把臉埋進他的胸膛裡。丈夫的手就像稱讚孩子般刻意撫摸她的頭，總是如此地可靠——我要取消前面的話。即使現在坐的是奢華的圓扶手沙發，只要有丈夫在，柚季就可以徹底安心。

希望對小杏來說也是如此。

不管遇到多難過的事，只要想起「爸爸」和「媽媽」，她就能鼓起勇氣走回家。我們要成為這樣的存在，絕對要讓小杏幸福。

柚季再次在內心重複那天立下的決心。

*

手機震動聲吵醒了千夏子。

眼角瞥見在一旁睡覺的丈夫信二，他維持昨晚上床時的姿勢，安靜地發出呼吸聲。千夏子拿著手機走出臥室，坐到客廳沙發上，檢查部落格的新留言。三十二則，幾乎全都充滿了惡意。

「……到底是誰？」

她用力按捺想要一口氣全部刪除的心情，逐一瀏覽。這三個星期左右，自從找回遺失的手機後，部落格就開始出現令人不舒服的留言。感覺不像是單純嫉妒千夏子的訪客做出的留言。

那天千夏子瘋狂地尋找手機，卻在隔天晚上，在自家公寓的信箱裡發現了它。在披薩傳單背後發現手機時，她打從心底鬆了一口氣。但是下一瞬間，疑問與恐懼湧上心頭。到底是誰放進這裡的？

也許是有人撿到千夏子遺落的手機，替她送回來的。但撿到的人怎麼會知道那是千夏子的手機？又怎麼會知道她的住址？如果看到手機裡面，或許會知道主人的姓名，但不可能知道住址。是千夏子認識的人嗎？那為什麼不直接送來家裡，要丟進信箱？

——是不想被她知道是誰撿到嗎？為什麼？

對於這個疑問，千夏子所能想到的答案都不太好。

千夏子當場檢查來電紀錄、訊息和通話紀錄等等，沒發現遭到惡用的痕跡，放下心來。然後她打開一整晚沒開的部落格——有留言。

「你在撒謊。我都知道。」

千夏子忍不住東張西望，倉皇逃進家裡——怎麼會被發現的？她重讀以前的文章，但沒有任何啟人疑竇之處。在柚季家拍的照片也是，只看千夏子的部落格，不可能知道那不是千夏子家。但是她突然驚覺有人會知道，太簡單了。

——把手機放進信箱的，是不是柚季？

這麼一想，全都解釋得通了。柚季一定是在游泳教室撿到千夏子遺落的手機。不，或許就是她從千夏子的包包裡拿走的。為什麼？一定是因為她在網路上看到自己的照片被放在部落格上。柚季應該立刻就發現是千夏子拍的了，因為千夏子之前把照片列印出來送給她。柚季一定是想要千夏子的部落格的決定性證據，因此偷了千夏子的手機查看。然後因為心虛，不敢直接還給千夏子。如果只是單純撿到，直接拿來千夏子家還給她就行了。而且千夏子也告訴過柚季家裡的電話號碼，如果沒辦法立刻來還，聯絡她一聲也可以。

一開始就應該多提防一些的。柚季主動說想要跟千夏子交朋友，這本身就很可疑。千夏子不認為自己有那樣的價值，肯定有什麼隱情。柚季說她沒有手機也很可疑，這年頭真的會有人沒有手機？一定是其實有，卻對千夏子謊稱沒有。

然而柚季沒有直接向她抗議，而是只在部落格留言，這讓千夏子覺得恐怖。儘管留下別有深意的留言，卻又像以前那樣打電話來，滿不在乎地邀約：「夏紀要不要一起去上游泳課？」「下次什麼時候可以來我家喝茶？」千夏子不可能去見她。如果見了面，一定會遭到逼問。

由於設定成訪客一留言就會出現在部落格上，手機回到千夏子手中時，已經有其他訪客也發出質疑：「什麼叫撒謊？」「是指不孕症治療的事嗎？」她重新設定成往後必須經過管理員審核才會顯示留言，但令人不舒服的留言卻是與日俱增。

「你沒資格當母親。」

「你怎麼不多關心一下自己的小孩？」

「連小孩都拿來當部落格的材料嗎？」

她讀過每一則，逐一刪除。她想要線索，想要寫下這些留言的人不是柚季的證據。仔細想想，「你撒謊」這種句子只是唬人，誰都能寫。也許是其他部落客眼紅千夏子的排行上升，留言騷擾，但也無法斷定不是柚季寫的。到底是還是不是？千夏子快瘋掉了。

柚季在千夏子面前和私底下，是不是完全不同的兩張面孔？——一切都可疑萬分。

千夏子想要揪出柚季的狐狸尾巴，好幾次從公共電話打電話去她家。不知道對方是誰時，柚季究竟會用什麼樣的語氣、什麼樣的話來回應？但話筒傳來的柚季的聲音一樣溫柔婉約，與千夏子說話時的她沒有任何不同。

千夏子也考慮過乾脆刪除整個部落格。但ＹＵＩ還在那裡。對現在的千夏子來說，ＹＵＩ的不幸才是她的幸福，她不能失去與ＹＵＩ的聯繫。

「你在做什麼？」

背後傳來聲音，千夏子忍不住掩住手機。丈夫訝異地俯視千夏子。

「朋友傳訊息來。」

「……你最近不會滑手機滑太兇嗎？」

「我最近交了新朋友。喏，之前不是跟你提過嗎？她叫柚季，最近剛搬來，說她在這裡沒有朋友。」

千夏子連珠炮地辯解，丈夫沒什麼興趣地應了一聲。

「隨便啦，今天是爸的大壽，可別遲到了。你知道媽很囉唆的。」

「嗯，好。抱歉。」

千夏子目送丈夫進入洗手間，繼續刪留言。儘管就算全部刪除了，也不是就沒發生過這些事。但她還是身不由己。

千夏子預約的日本高級餐廳，被公公嘲諷「好廉價的店」。

「怎麼不找好一點的餐廳？你工作上都沒去過像樣一點的餐廳嗎？」
大伯信一問丈夫。
「是千夏子預約的。」
「所以就說應該你來預約啊，你真的很不機靈欸。」
「可是信二工作很忙啊。千夏子怎麼就這麼不用心？
對吧，信二？」
婆婆把夏紀抱在膝上，高興得不得了。大伯說大嫂夏季感冒惡化，不能過來。在這個空間，沒有血緣關係的只有千夏子一個人。
千夏子面露討好的笑，咬了一口蝦子天婦羅。咬開酥脆的麵衣，底下是厚實的蝦肉。明明很好吃啊？而且哪裡廉價了？一個人的餐費，遠超過千夏子一整天的打工薪資。
「這是綾子叫我送給爸的。」
大伯遞給公公一個紙袋。「噢。」公公接過去，打開包裝，嘴角微微上揚，勉強看得出是在開心。
「勞力士啊。」
「因為是七十大壽，所以選了紫色的錶面。綾子對這些很講究的。紫色錶面好像很罕見，她找了很多地方。」

「綾子真的很貼心呢。
千夏子也是，做人家的媳婦，要有多一點自覺，好嗎？」
「對不起。」千夏子行禮，內心卻不滿極了：說穿了還不是錢。大嫂絕對不會在親戚聚會上露面，卻總是要大伯帶著昂貴的禮物到場。千夏子很清楚為什麼大嫂不肯參加。因為大伯和大嫂沒有孩子。
那是夏紀滿月的時候。千夏子回娘家生產，信二來接她，就這樣直接前往夫家。說是大伯大嫂暑假回老家，叫他們也一起回去。千夏子總是被當成外人、不稱職的媳婦，所以她都盡量不想跟夫家的人碰面。
然而那個時候，總是臭著臉的公公卻抱著夏紀笑呵呵的。
——我總算抱到孫子啦！謝謝你。
每當想起當時一旁的大嫂的表情，千夏子就痛快極了。就好像相隔多年打開塵封已久的老屋窗戶，清爽的風穿堂而過的那種爽快感。總算第一次贏過她了。
從籌備婚禮開始，千夏子便與夫家的人在每一個地方起衝突。挑選會場、宴客數目和比例、挑選回禮、千夏子要穿的婚紗等等——夫家干涉每一件事，動輒挑剔。他們的口頭禪是「婚禮的錢是我們家出的」，而千夏子沒辦法說「既然如此，不用你們出錢」。因為信二的存款少得可憐，拿去辦婚禮的話，馬上就會見底了，千夏子也是。再說，她想要一場和過去她包紅包出去的朋友婚禮同等規模的場子。畢竟人生只有一次婚禮——

然而婚禮上卻沒有留下半點美好的回憶。

那是穿上婚紗的千夏子第一次在兩家親人面前亮相的時候。千夏子最想穿的一套婚紗被婆婆否決，所以她穿的是婆婆挑選的款式，不過穿上去一看，還是很令人開心。只有今天，自己是女主角。

「哎呀，俗話說人要衣裝，看來衣裝再好也沒用嘛！」

新郎那邊的親戚這樣奚落，瞬間吃吃竊笑聲像漣漪般擴散開來，千夏子整張臉都紅了。誤以為場子熱絡起來的親戚更加得意忘形地說：

「哪像信一的媳婦，不用穿婚紗也美得像新娘子。」

「哪裡的話，人家明明就很可愛啊！」大嫂一臉若無其事地替千夏子說話，從這個時候開始，千夏子就跟大嫂結下了樑子。替可憐的新娘說話的好心大嫂。每次想起喜孜孜地扮演這個角色的她，千夏子就鬱悶得要死。

但是千夏子做到了大嫂做不到的事。她替榎本家生下了第一個孫子。千夏子很不滿，既然公婆那麼開心，怎麼不對她這個媳婦好一點？

「對了。」婆婆想起來似地拿起放在旁邊的紙袋。

「小夏，這是送給你的生日禮物！」

夏紀驚訝地眨眨眼，接下袋子說謝謝。「我幫你打開。」婆婆取出裡面的東西，是夏紀從以前就想要的繪本套書。

「真不好意思，謝謝奶奶。」

千夏子道謝，要夏紀行禮。

「哎呀，不用謝啦。夏紀從以前就一直說想要嘛。」

看到與婆婆相視而笑的夏紀，千夏愈來愈煩躁。

——因為我把你生下來，你才能在這裡。為什麼我卻完全沒被放在眼裡？我也跟你同一天生日啊！

「不好意思，我去個化妝間。」

千夏子在失言之前先起身離席了。她悄悄回頭一看，留下的那些人看起來才像真正的一家人。是不是自己搞錯，誤闖別人的家庭罷了？就像那隻醜陋的醜小鴨。

進入廁所隔間後，千夏子無意識地拿起手機。刪除誹謗中傷留言已成了一種例行公事，但新的留言讓她心頭一驚，確定了那並非唬人。起碼那不是只有網路世界，而是在現實世界中認識千夏子的人。

「你的女兒其實是——對吧？」

完了，千夏子醒悟。

她毫不猶豫地刪掉全部的文章，退出部落格。七年份的文章一眨眼就消失得一乾二淨。但是這樣就沒有發生過任何事了嗎？

拜託，就這樣放過我吧。她想起柚季，不知為何和大嫂的臉重疊在一起。然後她認清了一個事實。她渴望變成柚季或大嫂那樣，所以才會如此地在乎她們，在乎得不得了。如果自己就像她們那樣容貌姣好、富有、贏得每個人的喜愛的話——那樣一來，她也不會像這樣沉迷於網路，不停地撒謊了。她打從心底對她們羨慕得不得了。

因為你們擁有我沒有的東西，所以就算我做了一點壞事，也睜隻眼閉隻眼吧。

——這樣想，會太自私嗎？

＊＊＊

「好像又有奇怪的車子停在托兒所前面耶。」

隔壁班的老師跑來三歲班找美穗說。

「又來了？」

美穗皺起眉頭。

「剛才來接小孩的媽媽說她看到的。

說有車子從大門前面慢慢地開過去，偶爾停下來，探頭看托兒所裡面。」

「是上次說的白色車子嗎？」

「不是，今天的是銀色的……」

「到底是想做什麼呢？真恐怖。」

春花一邊收拾點心，一邊豎耳偷聽。這幾天家長都在談論同一件事。在一片憂心恐懼之中，只有春花一個人知道那些車子「為什麼」會在托兒所前出沒。但她也一樣害怕——儘管害怕的理由和她們不太一樣。

那天春花從托兒所的通訊錄查到千夏子家的住址，下班回家的路上歸還了她的手機。

放進信箱前，為了慎重起見，她擦掉了手機上的指紋。並不是因為她覺得自己做了壞事，而是懷著玩間諜遊戲的心情，邊哼歌邊擦。

她在千夏子的部落格留下告發她撒謊的留言後，在炮轟媽媽部落格的論壇上引發了話題。一定是來自真實世界朋友的密告、她到底撒了什麼謊？一場推理大賽就此展開。原本只是旁觀嘲笑的網友，開始跑去部落格的留言版搗亂——春花見狀，覺得自己就像替天行道的英雄。做壞事的人就該遭天譴。但千夏子卻只是把留言改為審核制，沒有關掉部落格，讓春花氣憤極了。她的臉皮到底有多厚？所以春花寫下了致命的一擊。

「你的女兒其實是——對吧？」

寫下這則留言不久，部落格就關掉了。看來她多少反省了一點，春花心頭暢快極了，她很滿足。

然而論壇卻朝著春花意想不到的方向失控。

卯起來想要揭穿部落格謊言的網友，像偵探般逐一檢驗儲存起來的文章和照片——導出了一個事實。

「她說她新搬家的公寓，是不是在N市？照片上的這個是N市公所吧？」

那是從客廳窗戶拍攝出去的風景照。

春花看的時候沒有發現，不過確實有一棟時髦的西式建築。有鐘塔的那棟公家機關大樓，以市公所的設計而言難得一見，知道的人似乎一眼就可以認出來。

「啊，絕對是。我放大看了一下，賓果。跟N市公所的網站上的照片一模一樣。」

網友除了留言，還放上比對照片。隨著一片讚賞之聲，叫囂說要查出公寓地點的聲浪愈來愈大。建築物的相關位置、看到太陽的角度、以及可以俯視街景的高樓大廈。

事情發展至此，論壇陷入了祭典的狂歡狀態。

公寓一眨眼就被查出來了。但那並不是千夏子住的公寓。應該是她假冒是自己，放上部落格的那對美麗的母女住的地方。但網友們不可能知道這件事。

然後位於公寓通學範圍內的幼稚園和托兒所被一一列出來。當然，春花任職的托兒所也成了候補之一。甚至有人吵著要肉搜出格主的姓名，讓春花感到憤怒：你們到底有什麼權利這樣做？但這時她忽然驚覺一件事。直到前一刻，自己不也才揮舞著正義的大旗，在部落格寫下留言嗎？原來自己也是如此地醜惡嗎？這不是比圍在一起講媽媽友壞話的那些家長更要惡質嗎？

就是在這個時期，托兒所周邊開始出現可疑車輛。

托兒所圍欄貼上了告示：「若發現可疑人物，請立刻通知園方」。

都是我害的，都是我的惡意招來的。

「春花老師？」

聽到叫聲，春花回過神來。夏紀正抓著春花的圍裙，仰望著她。

「老師還好嗎？肚子痛嗎？」

「沒有，我沒事。……對不起喔。」

我應該要保護你的，卻做出這種事來，真的對不起。

被春花摸頭，夏紀露出欲哭的表情說：

「不可以連老師都不見囉。」

* *

嘰——床舖壓出輕聲呻吟，是丈夫創起身下床的動靜。結子假裝沒有醒，聽著臥室門關上的聲音。她翻向丈夫剛才躺著的方向，張開眼睛——確定丈夫的枕頭不在那裡，淚水失控地決堤而出。丈夫又跑去客廳睡了。

看看手機，才午夜十二點而已，上床之後還不到三十分鐘。得知丈夫只肯待在自己身邊如此短暫的時間，一股說不出的悲傷衝上咽喉。結子強忍嗚咽，喉嚨「咕」地作響。即使整張臉扭曲成一團想要忍耐，悲傷就是滾滾翻騰上來。

那天晚上丈夫回家，說他冷靜下來了，看上去似乎恢復平常了。結子鬆了一口氣，決定不再追究。她害怕得知真相，毀掉兩人的關係。簡而言之，就是她決定當作根本沒有吵架這回事。

但並非一切都恢復原狀了。

後來丈夫回家以後，總是在深夜偷偷溜下床，跑去客廳睡。結子告訴自己，這或許總比從一開始就睡在沙發要來得好。但有可能是丈夫努力想要跟結子一起睡，但待在她身邊，真的讓他睡不著。這麼一想，結子好想就這樣消失在夜晚深處。

她不明白自己什麼地方讓丈夫如此疏遠。

在結婚搬來這裡以前，他們的感情真的很好。結子自己也明白偷看丈夫的手機是她做錯了，她也清楚這讓丈夫覺得厭煩。但是在這之前，兩人就再也沒有床笫之歡，真的讓她不明白為什麼。

哭得太厲害，結子陷入缺氧狀態，頭痛起來。她拿起手機，光線刺入眼中。結子已經熟悉到即使看不清楚螢幕，照樣可以打開恩人的部落格。然而——

「這個部落格已經刪除，或網址錯誤，無法顯示。」

在刺眼的螢幕上顯示的這排文字，讓她遲遲無法解讀。好一陣子後，她才發現是部落格不見了——她慌了起來：這一定是搞錯了。她怎麼可能什麼都不跟我說一聲，就這樣消失？她不可能拋棄我。

結子再次想要從書籤頁連上部落格，卻只是顯示相同的文字，聯繫不上mama。結子這次搜尋部落格名稱。或許是因為某些失誤而刪除了部落格，然後開了新的。一定是這樣的——結子一廂情願地告訴自己。

但搜尋結果和結子存在書籤裡的網站網址相同，點進去一樣關閉了。她想要某些線索，捲動搜尋結果，發現一個令人好奇的論壇。

「炮轟誇張媽媽部落客討論串・30」

開頭說明「這個討論串是專門炮轟誇張的媽媽部落格而成立的」。為什麼搜尋恩人的部落格，會出現這種論壇？結子一頭霧水。太自戀、不顧小孩、做的飯菜看起來好難吃——充斥著謾罵的這個地方，每個人都不思反省，大肆批評，令人作嘔。如果說百貨公司是八卦的溫床，那麼這裡就是惡意的溫床。

結子為了不被扯進令人憂鬱的情緒裡，正準備關掉頁面的時候，看見「WELCOME HOME BABY」這幾個字。是ｍａｍａ的部落格名稱。

她第一次得知ｍａｍａ的部落格成了這裡的話題。也許是ｍａｍａ成為惡意攻擊的目標，心靈承受不了，被逼得關掉部落格了。ｍａｍａ人那樣溫柔，不可能承受得了這些污言穢語。

然而看著看著，結子懷疑自己看錯了。

「意思是不孕症治療是騙人的？」

「會關掉部落格的留言欄，就證明了這一點吧。她也沒有否認。」

「我就一直覺得很假。她不是介紹一堆好孕相關產品嗎？然後說因為那樣而懷孕了。要是真心想懷孕，才不會像那樣求神拜佛，會求助醫生好嗎？」

「那些商品結果也都是回饋金連結吧？開部落格結果只是想要賺錢啦。」

「這種人現實中一定很惹人厭。指控她撒謊的留言，也是在現實世界認識她的人告密吧？」

ｍａｍａ居然撒謊，結子不敢相信。結子無論如何都無法一個人獨處的夜晚，ｍａｍａ不知道陪她度過了多少時間、交談過多少話。但是看到他們的發言，結子覺得ｍａｍａ對她說的話全都是假的了。不是這樣的，對吧？她好想問ｍａｍａ。你是真心誠意在擔心我的，對吧？但她沒辦法問了。ｍａｍａ去了哪裡，她永遠不會知道了。網路上的關係就是這樣的。只要想消失，一瞬間就可以消失無蹤。

「她說她新搬家的公寓，是不是在Ｎ市？照片上拍到的這個是Ｎ市公所吧？」

捲動頁面的手停住了。

Ｎ市距離結子住的地方不遠。她沒想到ｍａｍａ就在這麼近的地方。論壇上列出了各種資訊，像是她住的公寓、女兒可能就讀的托兒所。

——只要去這裡，就可以見到你嗎？

一瞬間就好了，即使無法交談也沒關係。結子想要看看ｍａｍａ是個怎樣的人。然後，她想要某些證據，讓她可以相信ｍａｍａ的話是真的的證據。

*

——有人在看我。

不管是站收銀、騎自行車還是待在家裡，都覺得有人在監看。千夏子刪掉部落格，在柚季家拍的照片也全部從手機裡刪除了，但她還是無法安心。雖然並不確定就是柚季幹的，但肯定就是千夏子身邊的某人。網路上沒有人知道「那件事」，知道的只有認識現實世界的千夏子的人。

「今天你真的可以上班嗎？你先生跟孩子不是都休假嗎？」

店長問，千夏子說「沒問題」。

「那就好。領班臨時說想請假，真的很難得。是天要下大雪了嗎？」

千夏子目送兀自笑著返回後場的店長背影。店長今天頗為饒舌，這讓她看出店長平日對領班的顧忌。

千夏子嘆了一口氣。如果柚季現在來買東西，她沒有自信能保持平常心——好想回去。她忍不住喃喃。可是，回去哪裡？

昨晚領班突然打電話來，問她能不能幫忙代班。她的聲音聽起來實在太迫切，千夏子無法拒絕而答應了。她想得很簡單，請丈夫照顧夏紀就好了，但回想起下班回家的丈夫反應，她到現在還是覺得太過分了。

「我跟夏紀兩個人在家要做什麼？」

千夏子心想：「你是父親，不會自己想嗎？」但仔細想想，或許他們這對親子從來沒有單獨相處過。她說她會煮好咖哩飯當午餐再去上班，希望丈夫待在家裡，總算獲得丈夫同意。

她厭倦起所有的一切了。

好想拋下一切，去別的地方。自己到底是在哪裡搞錯了什麼，才會淪落到這種地步？自己現在是為了什麼站在這種小超市的收銀臺，賺那點蠅頭小錢，然後回到根本不想看到的人在等待的家？

——什麼叫幸福？

這陳腐到家的疑問令她苦笑。而她現在也無法想像什麼叫幸福。

「這是什麼？」

一走進玄關，丈夫就遞出一個紙袋。「那東西」一直藏在衣櫃裡——沒想到會被丈夫發現。

「……你打開了？為什麼？」

「夏紀把咖哩潑出來了，我想要拿衣服來換。

這是什麼？

我們家怎麼會有這種東西？」

丈夫把紙袋倒過來，袋中的東西撒了一地——全是女孩的衣物。

「我們家需要這種東西嗎？

夏紀不會穿這種衣服吧？

男生不會穿這種衣服吧？」

對不起——千夏子說，信二又從臥室衣櫃抱了一大堆其他的紙袋回來。

「這也是，還有這個，這個！

你為什麼買這種東西？啊？為什麼？」

千夏子抱住扔過來的衣服，額頭深深地抵在地板上說著「對不起」。

「……因為、因為夏紀應該要是女生的。」

——她想起婦產科醫生向她宣布的那一刻。

千夏子和丈夫商量，說一旦知道孩子的性別，想要立刻知道，也轉達醫生了。她想要好好地取個名字，也想要預先準備好衣服和玩具，作好萬全的準備。

懷孕五個月的時候，醫生看了超音波，說「是女孩子呢」。千夏子喜上雲霄。丈夫和身邊的人都說是男是女都好，但千夏子無論如何都想要女孩——她想要自己的分身。

長得像自己的女孩。而且預產期就在自己的生日，這完全是命運的安排。長大以後，女兒可能會跟自己一起去買東西、交換衣物、討論戀愛煩惱。就算跟丈夫吵架，女兒也一定會站在母親這邊。就好像有了一個最棒的閨蜜。

一得知性別，千夏子立刻在部落格上報告，大家都為她開心。

至於名字，她從自己的名字取了「夏」字。然後在命名書裡找到了很棒的漢字。「紀」這個字似乎有「有條有理」的涵義在裡面，完全符合身邊的人都說「認真」的丈夫和千夏子的個性。

——夏紀。

她一定會長成一個可愛、像向日葵一樣耿直有信念的孩子。連自己都覺得這名字太完美了。

千夏子也開始嘗試從來沒做過的裁縫編織。她縫了粉紅色的圍兜，織了粉紅色的襪子，做了兔子形狀的搖搖鈴玩具——一邊對著日漸隆起的肚子說話。

——你要好好長大，健健康康地出生喔。媽媽在等你喔。

所以千夏子太震驚了。

助產師抱起夏紀給她看，說：

「是個活力十足的寶寶喔！……是個小男生！」

千夏子覺得一定是搞錯了。因為醫生明明說是女生啊！當然，她聽說過超音波圖像有時候角度很難看清楚，容易誤判。

——可是不是的。

在肚子裡的時候，千夏子一直百分之百確定絕對就是個女孩。那，難道那只是自己一廂情願的誤會？

哭得滿臉通紅、簡直像隻猴子的那個男嬰，實在不像是剛從自己的肚子裡生出來的。她無法相信那就是一直在自己的肚子裡、千夏子對著她喃喃細語的女孩。

一星期後千夏子出院，帶著嬰兒回家，每個人都很疼愛夏紀——直到生產前，每個人都把千夏子放在第一個呵護，要她保重身體，然而孩子一出生，立刻就對她嚴厲起來。

夏紀是個很難照顧的嬰兒。

他會哇哇大哭，卻不愛喝奶。一拿下尿布就立刻撒尿。晚上不睡覺，白天也不睡。好不容易以為睡了，兩三下又哭了。這樣的夏紀讓千夏子焦頭爛額，幾乎崩潰，母親說：

「這樣就叫苦，像什麼話？每個媽媽都是這樣的。」

母親的話刺進睡眠不足而昏沉的腦袋裡。一時之間反駁的話在腦中轉個不停，不肯離去。

——我就這麼差勁嗎？

——我比大家更差嗎？

——才不是。

——不是我的錯。

——都是這孩子不好。

——誰叫他是男生。

——如果他是女生，我就會是個更好的母親了。

千夏子覺得自己的想法很不對勁，但她就是無法停止這樣去想。

從娘家回到自家後，每天都過得像地獄。

丈夫不肯協助育兒，明明進行不孕症治療的時候都可以提早回家，然而孩子一出生，他加班的次數就變多了。千夏子請他幫忙，丈夫也推說那是母親的工作。丈夫還說她整天都在家，家事也應該要好好做，讓她幾乎要發瘋了。但千夏子還是無法反駁。因為是她自己希望進行不孕症治療的。

因為害怕招來責罵，她不敢跟母親商量，也不敢告訴朋友，也無法在部落格吐露真相。

或許自己不適合當母親。

她一直壓抑著不斷湧上來的這種心情，直到今天。即使如此，在腹部深處如熔岩般滾滾沸騰的心情卻從來不曾消失過。

——比起讓夏紀撒嬌，我自己更想要撒嬌。

——比起夏紀的時間，我更珍惜自己的時間。

——比起別人說夏紀可愛，我更想聽到別人稱讚自己可愛。

——夏紀不重要，重要的是我。

——是我。

——拜託，看我！

這不是一個為人母的人該有的感情。

生了小孩，自然就會萌生母性——千夏子從以前就經常這麼聽說，也一直以為就是如此。在路上看到小孩，她覺得很可愛，也一直打算婚後就要生小孩。然而現在即使生了小孩，她還是更愛自己。為了小孩甚至可以犧牲性命——她實在沒辦法這樣想。

在這樣的狀況中，只有在部落格裡她是自由的。

在部落格裡，夏紀是女孩，願意穿上千夏子為她挑選的可愛服飾。挑選要放上部落格的女孩衣物的時間，讓她覺得自己真的成了個好母親。這成了她生命的意義。

「你居然這樣花我賺來的辛苦錢！」

丈夫從皮包裡抓出千夏子的手機，砸到地上。手機彈至令人驚嘆的高度，螢幕朝上落地了。看到布滿裂痕的螢幕，千夏子發現自己有些鬆了一口氣。這種東西沒有了最好。

「你不用去上班了！手機也給我解約！在你真心反省之前，不准給我出門！」

千夏子看不清楚丈夫的表情。視野一片模糊——她發現自己在哭。她不知道自己在難過什麼。丈夫另一頭身影模糊的夏紀是什麼表情？連這也無關緊要了。

*

夏紀不見了。

美穗這樣說，但千夏子確信。

——夏紀不會自己跑去別的地方。一定是被人帶走了。

然而自己卻不怎麼擔心，或許根本沒資格當母親。我怎麼會變成這樣？

「……喂？」

聲音顫抖得可笑。話筒裡傳來的聲音不出所料，是柚季的聲音。

「喂？千夏子嗎？」

她的聲音就和千夏子一樣——不，抖得比千夏子還要厲害。

視野邊角掠過一道閃光。下一瞬間，祭典煙火失控般的轟隆巨響震動腹部。閃電似乎落在很近的地方。

「……我想問一下小杏、小杏有沒有去你那裡？」

「……什麼意思？」

千夏子問，柚季沉默了一下，擠出聲音似地說：

「小杏從超市裡不見了。」

第五章

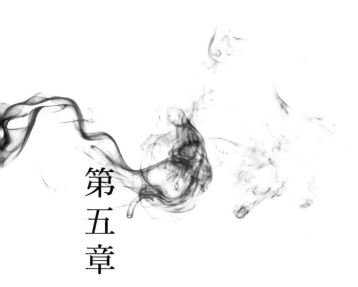

＊＊＊＊

——我好想小夏。

小杏平常不太會耍任性，只要好好跟她說，她都會聽話，卻唯獨不肯收回想要去找夏紀的要求。

「我跟小夏說好了。」

小杏把午飯的蛋包飯全部吃完後，對柚季這麼說。就連總是剩下來的碗豆，都在柚季提醒之前吃得一乾二淨。

「媽媽，說好的事情一定要遵守對吧？」

這種時候，總是讓柚季覺得不能因為對方是小孩，就敷衍搪塞。大人對小孩說的話，都會像這樣還諸己身，不能因為對方還小就輕視了他們。孩子小歸小，卻也是個不折不扣的人。

「對啊，說好的事情就要遵守。」

可是我之前不是說過，小夏的媽媽因為工作很忙，所以沒時間玩耍嗎？」

小杏癟起嘴唇，瞪著盤子。要把飯吃完才可以玩——柚季也明白小杏想要做到她自己答應的承諾。

電話響了，柚季警戒地看著螢幕顯示的號碼，發現是游泳課認識的媽媽友，鬆了一口氣接起電話。對方邀約下次上完課要不要再去咖啡廳坐坐，柚季回答說「好」。

「欸，為什麼你沒有手機？

這種時候如果有手機，傳一通訊息就解決了。是有什麼特別的原則嗎？」

聽到對方的問題，柚季回以預先準備好的答案：

「我是機器白痴，

最近的手機功能很複雜，我不會用。」

「才不會呢，連我媽都會用了。

如果你買手機，我可以教你怎麼用，有手機還是比較方便啦。」

對方熱心推薦，但柚季沒有說好，左右閃躲，放下話筒。儘管覺得或許差不多該持有手機比較好，卻仍提不起勇氣。

注意到的時候，小杏已經把自己的餐盤拿到廚房去，抓起海綿沾上泡沫，想要自己洗。柚季買來讓小杏幫忙做家事的粉紅色小踏臺還沒有融入這個家，但它散發出來的家庭感總讓人覺得安心。

「……洗好碗盤，我們一起去小夏的媽媽工作的超市看看吧？」

小杏興奮地抬頭，柚季說：「可是你要答應媽媽，不可以打擾人家工作喔。」看到小杏點頭點到脖子都快斷了，柚季心想絕對不能再因為自己，讓小杏失去朋友。這次搬家，完全是為了柚季一個人的因素。

來到千夏子工作的超市，也許是因為正值中午時間，收銀臺擠滿了去學校參加社團活動的附近高中生和上班族。沒看見千夏子，柚季打算等人潮告一段落再詢問，和小杏一起前往麵包區。她一邊挑選明天早餐要吃的吐司，一邊觀察收銀臺的狀況，店員在忙碌中俐落地結帳的動作，讓人看了心情舒爽。柚季感到輕微的焦慮：等到育兒告一段落，我還有辦法出去工作嗎？雖然她自認沒問題，但仔細想想，自己已經當了九年左右的全職主婦，認為還有辦法像以前一樣上班，不會太自以為是了嗎？

「媽媽，還沒好嗎？」

小杏拉拉柚季的上衣衣襬，柚季回過神來。收銀臺前的客人變少了，離門口最近的收銀臺剛擺上休息中的牌子。

「媽媽去問問看，你在這邊等著。」

柚季把小杏留在麵包區，快步走向收銀臺，叫住年紀和自己的母親差不多的店員，對方朝氣十足地招呼：「歡迎光臨！」

「我是榎本千夏子女士的朋友，請問她今天有上班嗎？」

「你沒聽說嗎？」對方大聲把臉湊上來說。「千夏子說她身體不舒服，這星期要請假。大家都很擔心呢。

「啊，對了。你等一下。」

店員匆匆返回後場，提了個購物袋回來。

「這裡面有很多軟罐頭食品。我叫店長買的，不用客氣。

你要去探望她對吧？拿去給她吧。」

「謝謝。」柚季被對方的氣勢壓倒，不由得接了過來。她知道千夏子家在哪裡，但臨時去拜訪，不會造成麻煩嗎？而且千夏子現在正在躲避她。如果千夏子不想見她，她也不願意做出糾纏的舉動——她不想做出不希望別人對她做的事。

「小杏，小夏的媽媽——」

柚季回到麵包區，卻沒看見小杏的人影。是等不及，跑去點心區了嗎？柚季查看兩區之外的賣場，還是沒看見小杏。

「小杏？」

柚季小跑步起來，在整間店裡四處尋找，卻完全沒看到小杏。她看到年紀差不多的孩子的頭，差點要衝過去，卻在最後一刻發現不是自己的孩子。

「小杏！」

柚季跑遍整家店，呼喚小杏的名字。周圍的顧客開始議論紛紛。

「怎麼了嗎？」

剛才跟她說話的店員問柚季。

「那個，我女兒——」

被人帶走了——柚季說到一半，把話吞了回去。她覺得說出口會一語成讖。「她」不可能在這裡。

「我女兒跟我走失了。

對不起，驚動大家了。」

柚季行禮，趕往出口。直到剛才都還是大好晴天，不知不覺間天空卻被陰沉的烏雲所籠罩——才剛踏出店外，大雨立刻傾盆而下。

「小杏！」

柚季衝出雨中，邊喊小杏的名字邊跑。

小杏應該還沒有走遠，或許她一個人回家了。柚季跑回公寓，又想到小杏一個人進不去。

她再次回到超市，然後想到小杏有可能一個人去千夏子家了。

柚季找到公共電話，按下千夏子的手機號碼。但不知道是不是沒開機，打不通。千夏子應該把家裡的電話也告訴她了，她從皮包裡找出記事本——焦急之下手一滑，皮包裡的東西撒了一地。她毫不猶豫地撿起一眨眼就在水窪中泡濕的記事本翻頁，手卻抖到不聽使喚……沒事的。小杏一定是一個人去千夏子家了。只為了想要見夏紀一面。小杏不可能被「她」帶走。

好不容易找到號碼，小心謹慎地一一撥號——千夏子立刻接聽了。

「喂？千夏子嗎？」

四周乍然大亮，接著背後傳來東西倒下般的巨響。路上的行人七嘴八舌地說著：落雷嗎？很近耶。

「……我想問一下小杏、小杏有沒有去你那裡？」

「……什麼意思？」

千夏子的反應讓柚季知道小杏不在她那邊。「果然」和「為什麼」混雜在一起，聲音在喉嚨哽住了。

「小杏從超市不見了。」

她摀住嘴巴，好不容易克制住嗚咽——不見了。這是事實，目前狀況沒有更嚴重，也沒有更輕微。柚季做了個深呼吸，讓自己平靜下來。我——做母親的不振作起來怎麼行？

「夏紀——」

柚季勉強聽見幾乎要被驟雨給蓋過的聲音。

「夏紀也從托兒所不見了。」

再一道雷聲，這次似乎也落在了附近。

＊＊

雖然從來沒有開車來過這裡，但假日的時候都會經過，所以結子知道哪裡有超商和家庭餐廳。

聽到第二道雷聲，結子突然對自己在這場大雨中正在做的事感到空虛無比，把車子開進超商停車場，打算休息一下就回去。為了避免淋濕，她用衝的跑進店裡，買了奶茶和巧克力，坐在窗邊的內用區。敲打窗玻璃的雨勢愈來愈大了，結子想在這裡打發一下時間。雨勢這麼大，她沒有自信能夠安全駕駛——而且她的心情亂透了。

就算開車到網路論壇上寫的公寓大廈或托兒所，也不是就能輕易遇到部落格的ｍａｍａ……就算真的遇到，她也還沒有決定自己想要怎麼做。巧克力在口中融化後，她稍微鎮定了一些，淚水滲了出來。她用手帕拭去眼淚，用奶茶沖走。

對於一天比一天更沉默寡言的丈夫，她不知道該怎麼辦才好。什麼話都不對她說，是因為不想和她交談嗎？結子無法勉強剝下他覆蓋在身上的厚殼，也無法視而不見。之前結子儘管知道丈夫回來享用的可能性不大，但還是一定會準備晚餐，但現在也不做了。每天開洗衣機洗衣服時，也只考慮到自己的需要。至於希望丈夫觸摸自己的心願，就塞進內心深處叫自己死了心——不是丈夫拒絕自己，而是自己拒絕丈夫。如果不這麼想，感覺她會深陷悲傷之中動彈不得。

這兩星期左右，丈夫的學長太太都會定期傳訊息過來。結子不記得跟她交換過聯絡方式，她應該是向丈夫的朋友問到的。她說想要見個面談談，結子一直找理由推託，卻拗不過她再三要求，答應今天傍晚和她見面。光是想像對方到底要說什麼，結子就恐懼萬分。

而這種時候願意聆聽的ｍａｍａ卻消失無蹤了。追趕消失的ｍａｍａ，和緊抓住什麼都不願意傾吐的丈夫，或許是同一種行為嗎？

這陣子每次開車經過托兒所附近，結子都會不由自主地注意到親子。像棉花糖般柔軟的臉頰上露出酒窩，張開雙手奔跑的孩子們，全力渴望著母親，所以母親也才能全力對孩子灌注愛情也說不定。只要能確定丈夫沒有背叛自己，結子就能更相信丈夫、接受丈夫嗎？——不行。就算叫自己別去想，思考還是會忍不住繞回原處。

結子用手掌覆住臉部，溫暖浮腫的眼皮。不能老是坐在這裡。傍晚得去見敵人，而且明天還要工作。最起碼工作要確實做好，否則她真的會厭惡起自己來。

不經意地抬頭一望，她看見一對年紀不到小學的男生和女生正在窗玻璃另一頭躲雨。她和回頭的女生四目相接了——那不是那個女孩嗎？部落格上的照片雖然用圖貼遮住了臉，但結子確定就是她。

——就是那孩子。

兩人手牽著手，下定決心似地走出傾盆大雨中。結子把寶特瓶和巧克力塞進皮包

——啊，手不聽使喚。趕往門口的腳步自然加快了。

*

聽到柚季說小杏不見，瞬間千夏子所想像的最糟糕的狀況整個翻轉了。

——她一直以為是柚季帶走夏紀的。雖然不知道是因為千夏子把小杏的照片放上部落格，還是她認識柚季以後，柚季因為某些原因對她懷恨在心，總之千夏子確信一定就是柚季幹的。但如果不是的話，到底是誰帶走夏紀的？

「什麼時候不見的？還沒有找到嗎？」

柚季的聲音讓千夏子回過神來。

「……我剛才接到托兒所的電話。說因為找不到，所以報警了。最近托兒所說附近有可疑的車輛徘徊，叫家長要小心。」

「不好意思，請等我一下。」

千夏子說到一半被打斷。電話另一頭的柚季似乎在和誰說話。

「我現在在你上班的超市。」回來接電話的柚季匆匆說明。

「超市的人告訴我說，剛才有個客人看到附近的超商前面有一對托兒所年紀的男生和女生上了車子。

有可能是小杏和夏紀。」

我會先去報警，然後去托兒所——柚季說完，掛了電話。

＊＊＊

「夏紀不見了！」

第一個發現夏紀不見的，不是別人，就是喜姬。

帶小朋友去托兒所外面散步時，突然下起雨來。傾盆大雨般的豪雨淋得小朋友們哇哇大鬧，美穗慌忙指示返回托兒所。一行人急忙回到托兒所，在教室幫忙小朋友換衣服時，喜姬發現夏紀不見了——這個狀況讓美穗也不禁面色蒼白。這跟夏紀任意跑出托兒所不同，是他們把夏紀遺留在托兒所外面，萬一遇上事故還是綁架——春花想起最近目擊到的可疑車輛，胃痛起來。都是我害的。都是因為我寫下那種留言。

美穗尋找托兒所裡面，春花和有空的職員折回散步地點，四處尋找，卻都沒有看見夏紀。春花打手機通知美穗，一個人回到托兒所，結果美穗已經報警並通知千夏子了。

不一會兒千夏子到托兒所來，被請到會客室。春花不敢正視她的臉。不得不說，春花的工作態度過於自傲了。不管對家長還是其他保育員有再大的不滿，最應該優先考慮的還是小朋友的安全。不可能有比這更重要的事。

千夏子坐在沙發上，只是默默地聽著園長道歉。她沒有大吵大鬧，也沒有哭喊，只是靜靜地坐在那裡。春花鞭策快要哭出來的自己，用力忍住淚水。

這時，職員帶著一名陌生婦人進來了。她喊道「千夏子」。

「……是我朋友。

她的女兒好像也不見了。」千夏子說。

婦人行禮說「我叫高木柚季」，接著說：

「有人說看到一對男孩和女孩在超商前面上了車子。因為只有小孩子，沒看到大人，又淋得像落湯雞，所以印象深刻。

我懷疑那可能是我的孩子和夏紀。

你們記得是在哪裡走散的嗎？」

春花想起今天經過的路線。

「……我們從托兒所往車站走。然後經過公園前面，在丸味超市的轉角轉彎……」

「我家的孩子剛才就在那家超市裡面！」

柚季說，然後突然倒抽一口氣：

「……或許我女兒看到夏紀了。

然後跑出去叫他……」

確實，隊伍經過超市以後，雨才開始下起來。突來的豪雨令大夥陷入混亂，如果是那時候失散的，沒注意到也是情有可原的事。但萬一後來夏紀被什麼人帶走的話——那就是我害的。

「春花老師！你為什麼沒有看好！夏紀老是一個人亂跑，你應該知道必須特別看好他不是嗎？

「媽媽也是，怎麼不好好教小孩不可以隨便亂跑！」

被美穗這麼教訓，春花縮起了身子。平時令人反感的這些話，現在她也只能概括承受。都是她害的。都是因為她隨便留言，才會引來可疑人士在托兒所周圍徘徊——

「現在是追究責任的時候嗎？」

凜然的聲音令春花抬起頭來。柚季正面迎視著美穗。居然敢反駁美穗，她怎麼這麼勇敢？春花一陣感嘆，但是看到柚季微微顫抖的嘴唇，她發現說這些話對柚季來說並不容易。柚季自己也正處於極限狀態，然後想要在這樣的狀況中採取最好的策略——為了自己的孩子。

「我們也去找吧。」

柚季對千夏子說。園長說：「可以打開手機電源，好隨時聯絡嗎？」

「不好意思，我的手機壞了。」

千夏子說，柚季也說她沒有手機。

「那請帶這支手機去吧。」

春花從圍裙口袋取出自己的手機遞給千夏子。

「聯絡人裡面有托兒所的號碼。

請隨意使用。」

千夏子行禮道謝，和柚季一起離開房間。春花能夠做的，目前就只有這樣而已。

*

「為什麼你要默默承受？」

穿鞋子的時候，柚季這麼問。千夏子不懂這個問題的意思，盯著柚季看。背後園童歡樂的聲音聽起來就像背景音樂。就彷彿不管大人如何心焦如焚，只有托兒所裡面是確保和平的。

「孩子在托兒所的時候，托兒所就要負起責任，否則父母和小孩怎麼能安心？然而那個老師卻是一副都是你和夏紀不對的口吻。

你不覺得奇怪嗎？」

「……可是她又沒說錯。」

千夏子忍不住說出真心話。「咦?」柚季反問。

「她沒有說錯。

夏紀很愛哭,一遇到討厭的事就會逃避。他總是不聽大人的話,動不動就自己跑掉。他給老師添了一堆麻煩,所以我沒辦法說什麼。

……你是不會懂的。

因為小杏那麼乖。」

千夏子不敢直視柚季的眼神。她別開視線,看見只到自己腰部高的小鞋櫃。裡面的鞋子每一雙都像玩具那樣小——她現在才體認到夏紀有多嬌小。千夏子已經沒有自信可以控制那個小怪獸,把他扶養長大了。如果找不到夏紀,她就可以自由了——即使只是閃念而過,但她再也無法相信居然這樣想的自己。

「如果是小杏那麼乖巧的小孩,我就可以把小孩養得更好了。

有你這麼漂亮的母親、有住得起那種高級公寓的父親,這樣的孩子不可能不乖。」

我到底在講什麼?千夏子連自己都感到厭惡。遷怒也該有個限度。

一旁傳來輕聲嘆息。千夏子就像被定住似地動彈不得,不敢看柚季。

「跟那些都沒有關係。」

明確的口吻讓千夏子忍不住回頭看柚季。

柚季站了起來，俯視千夏子。但她的眼神沒有憤怒或憐憫。千夏子感覺到的是隱約的悲傷。

「小杏跟我們夫妻沒有血緣關係。

「……她是我們收養來的孩子。」

＊＊＊＊

小杏在等媽媽和超市店員說話時，看見夏紀經過外面，忍不住衝出店裡追上他。大家走得很快，她一直追不上。

「小夏！」

小杏大喊，同時雨下了起來，把她的聲音蓋過去了。但是只有夏紀聽見了，他回過頭來，頭也不回地跑向小杏身邊。小杏雖然聽見媽媽在找她的聲音，卻和夏紀一起躲進巷子裡。她最會玩捉迷藏了。

「小夏，你還好嗎？

有沒有哭哭？」

小杏問，夏紀點點頭說「嗯」，但小杏覺得他在騙人。夏紀是個愛哭鬼，但是又有點愛逞強。

「我帶你去找媽媽。」

小杏牽住夏紀的手，夏紀用力回握上來。

「我跟你說喔，只要搭電車，就可以去到很遠很遠的地方喔。所以只要去車站就可以了。」

然後兩人走了出去。

夏紀來家裡玩時，小杏最喜歡在兒童房和他一起讀雙胞胎小兔子的繪本。然後扮演小海和小空。

小海和小空這對小兔子會挑戰許多事。有時候一起做點心，有時候旅行去冒險。但是途中會遭遇困難，吵起架來，但總是會彼此扶助。最後媽媽會來接他們，圓滿落幕。有時也會遇上很大的難關，但是最後媽媽都一定會幫助他們克服。

「兔子媽媽就跟我媽媽一模一樣。」

媽媽是小杏的驕傲。媽媽就像繪本裡面的兔子媽媽，很會做點心，衣服總是散發香香的味道，好溫柔好溫柔。

「小杏的媽媽那麼溫柔，好好喔。」

夏紀說，表情顯得悲傷，讓小杏擔心起來。

「小夏的媽媽不溫柔嗎？」

「……都是我不乖。媽媽說都是我不應該搞錯，跑到媽媽的肚子裡。」

夏紀抽抽搭搭地哭了起來，小杏嚇了一跳，心想得說點什麼安慰他才行。必須鼓勵夏紀才行。

「欸，小夏，我想到一個好主意。」

小杏在夏紀的耳邊呢喃。

「其實啊，小杏有兩個媽媽喔。在肚子裡把小杏養大的媽媽，跟現在的媽媽。本來的媽媽因為怎麼樣都沒辦法養我，所以請現在的爸爸和媽媽來養我。所以啊，小夏你也去找一個新的媽媽就好了。我來幫你。」

小杏為了安慰哭泣的夏紀，和他勾手指約定。

雨勢變大了，小杏和夏紀衝到超商屋簷下。他們本來想要走去車站，但雷聲把他們嚇得往前跑，結果迷路了。小杏都快哭出來了。她看看旁邊的夏紀，夏紀也快哭了。

「小夏，不要哭！」

小杏用力握住夏紀的手。

——我要幫小夏找到新的媽媽。我已經跟他說好了，說好的事情就要做到。

她牽著夏紀的手，走向雨中的瞬間，一個阿姨叫住他們：

「你們要去哪裡？」

＊

小杏認得在超商停車場叫住他們的阿姨。小杏和阿姨親密地說話時，夏紀默默地僵在一旁。

小杏說要去車站，阿姨便說要開車載他們。小杏和夏紀一起上了後車座。小杏牽住夏紀的手，讓他覺得很安心——但是如果媽媽知道了，一定會生氣的。夏紀不想害媽媽生氣。

瀑布般的大雨流過車窗，看不清楚外面。感覺好像要去陌生的地方，讓夏紀害怕極了。現在還是白天，天空卻好暗，感覺隨時都會出現怪物。

小杏問他有沒有希望誰來當他的媽媽的時候，夏紀想到的是兔子老師。去年變成副班導，負責照顧兔子的老師。

班上的小朋友都說兔子老師是「沒用的老師」，但夏紀最喜歡兔子老師了。每次夏紀在思考想要說的話時，美美老師就會罵：「要講什麼快點講！」但兔子老師只要夏紀開始說話，就會耐心等他說完。

「不要急，慢慢說就行了。」

聽到老師這樣說，夏紀就會放下心來，什麼話都可以說完。

美美老師都欺負兔子老師。

兔子老師帶大家做帶動唱的時候，美美老師就笑說「好無聊」，還把兔子老師的筆記本藏起來，假裝不知道。兔子老師總是挨美美老師的罵，但夏紀不懂為什麼兔子老師要被罵。

大人好奇怪。明明叫大家要好好相處，老師自己卻對別的老師很壞。

「老師應該要對兔子老師好一點。」

夏紀這樣對美美老師說，結果美美老師好生氣。

「小夏是壞孩子，都不聽大人的話！」

被美美老師在大家面前這樣說，夏紀好丟臉好難過。後來大家就不肯跟他玩了。他們說如果跟壞孩子玩，美美老師就不肯跟他們玩了。

夏紀被美美老師罵哭的時候，兔子老師就抱住他，帶他去小兔子的家。老師聞起來有跟媽媽一樣的肥皂香味。老師知道好多小白兔的知識，告訴他很多事情。

「小兔子跟老師還有小夏一樣，有點膽小。所以如果嚇到小白兔，有時候牠們會嚇到昏倒喔。」

夏紀保證絕對不會驚嚇小白兔。

「我會保護老師和小白兔！」

夏紀說，老師開心地笑了。

但是夏紀升上三歲班以前，老師就不做了。老師們都說兔子老師「心生病了」。

夏紀沒有保護好老師，所以決定一定要保護小兔子。每次夏紀覺得寂寞，就會跟小白兔說話。說「你們一定也覺得很寂寞」。

一開始夏紀以為小杏在欺負兔子。因為她用手拍打兔子小屋的圍欄。夏紀鼓起勇氣跟她說不可以，小杏的媽媽竟然謝謝他告訴她們，還稱讚說「你好厲害，知道這麼多知識」，讓夏紀覺得很害羞。

後來只要看到小杏和媽媽來兔子的家，夏紀就很開心，跑去兩人那裡。美美老師和春花老師都不會來找夏紀，所以可以跟她們玩很久。

可是那天喜姬追著夏紀跑過來，說：

「外面的人不可以看小兔子！

小兔子是托兒所的！

老師會罵人的！」

喜姬用力拍打圍欄說，所以夏紀抓住喜姬的手制止。他覺得自己必須保護小兔子才行，非常拚命。

媽媽罵他害喜姬受傷時，其實夏紀想要說的是：

「我保護了小兔子！」

可是他說不出口。因為萬一害小杏被罵，小杏就太可憐了。不能讓別人知道外面的人看了小兔子，害小杏被罵。

可是小兔子死掉了。

為什麼呢？

他明明答應要保護好小兔子的。

不想去托兒所。沒有小兔子的小兔子的家，讓人看了好傷心。

想要快點從托兒所回家。看到空蕩蕩的小兔子的家，讓他好氣自己。

夏紀喜歡媽媽。

所以媽媽叫他一個人看電視，他就安靜地看，結果沒多久媽媽就罵他：「快點去睡覺！」

媽媽叫他「至少鞋子要自己穿」，所以他試著自己穿，結果媽媽罵他：「左右穿反了啦！」

叫媽媽讀繪本，她就說「再等一下」，滑手機滑個不停，一直等不到那一下。

可是夏紀還是喜歡媽媽。

最近媽媽都不送他去托兒所了，是爸爸開車載他去的。媽媽一定是討厭我了，所以不能再繼續做出讓媽媽討厭的事。因為夏紀不想被媽媽說她不要他了。

雖然夏紀不敢告訴小杏，但其實他並不想要新的媽媽。

他喜歡現在的媽媽，想要現在的媽媽多抱抱他，希望現在的媽媽多跟他說說話。可是如果媽媽說不要他了，或許就得找新的媽媽才行了。

「……我要尿尿。」

夏紀對開車的阿姨說。他想要讓車子停下來，因為照這樣下去，會離媽媽愈來愈遠。

「我想尿尿。」

阿姨笑道「那去那邊的加油站吧」。

他不想就這樣去找新的媽媽。

拜託，他想要媽媽來接他。

他想要媽媽說「回家吧」。

他想要媽媽說「如果小夏不在了，媽媽會寂寞的」。

到加油站的時候，阿姨牽著夏紀帶他去廁所。她說外面在下雨，淋濕就不好了，陪他一起用跑的過去。

從廁所出來後，阿姨用毛巾幫他擦頭髮，牽他的手。手很溫暖，很舒服，可是還是媽媽比較好。

往車子那裡一看，有個女人打開後面的車門，正在跟小杏說話。

——是媽媽。

夏紀心想，結果不是。

是個沒見過的阿姨。

如果是媽媽來接他就好了。

＊＊

正要走出超商的瞬間，一個認識的女人叫住了男孩和女孩。結子情急之下轉身折回超商裡，躲在暗處確定那個人的面孔——她懷疑自己看錯了。

是木南夕香。

她的住處距離這裡很遠，她不應該出現在這種地方，而且小孩也不太可能是她女兒的朋友。夕香的女兒應該上小學很久了。雖然沒有明確的證據，但結子湧出了一股無以名狀的懷疑。夕香讓兩個小孩坐上後車座，開出停車場，結子也急忙跳上車，反射性地追上夕香——不能就這樣置之不理。

雨勢變得更強了，雨刷才剛掃過，水又淹了上來。結子拚命追趕，免得夕香的車子從幾乎要被水淹沒般的視野消失。

剛才看到的夕香，那模樣讓結子大受衝擊，不安起來。

和夕香以顧客的身分來店裡的模樣判若兩人。

夕香戴著眼鏡，頭髮隨便紮成一束，穿的是領口鬆弛的T恤和牛仔褲。素顏的那張臉氣色看起來糟透了，不是平常無懈可擊完美無缺的她。

車子往北邊開去。這樣下去會遠離夕香的家和市區。不祥的預感隨著雨勢愈來愈強烈，同時思考往不好的方向傾斜：難道——

這樣下去，車子會開往山裡。結子這麼想的瞬間，夕香的車子突然亮起方向燈，開進前方的加油站。結子也連忙轉彎，跟在後頭。她拉開一點距離停在洗車區，看見夕香牽著男孩的手進入休息處。勉強可以看到女孩繼續留在後車座。

結子下了車，跑向夕香的車子。她一下就淋成了落湯雞，頭髮貼在臉頰上。結子猶豫了一下，敲了敲後車座的車窗。女孩吃驚地張開嘴巴。結子下定決心打開車門。

「不好意思嚇到你了。我是那個阿姨的朋友，你也認識她嗎？」

雖然這問題很勉強，但女生聽到「朋友」兩個字，似乎鬆了一口氣，露出笑容。

「嗯！她是媽媽的朋友！」

結子先前認定她們不可能認識，但也許是自己貿然誤會了。

「……這樣啊。你們要去哪裡？」

「要去車站。」

車子的方向與車站完全相反——不祥的預感成真了。

「啊，小夏從廁所回來了！」

女孩望向結子的肩膀。結子回頭，夕香和男孩手牽著手，從咖啡廳看著這裡。結子關上後車座的車門，跑到夕香旁邊。

＊＊＊＊＊

——努力必定會有回報。

木南夕香最喜歡這句話了。

在過去的人生當中，一切的目標全都是她自己設定，立定計畫，並逐步實現的。她認為這是理所當然的事。因為她這麼地努力啊！

所以，她萬萬沒想到會在那種地方遭遇挫折。

夕香與二十七歲開始交往的男友在三十歲時結婚。男友是大她三歲的職場前輩。夕香進公司的時候，就是他負責帶夕香的，個性陽光，跟任何人都可以很快地打成一片，在共事的過程中，夕香被他的個性所吸引了。他對流行很敏感，也是他帶領夕香認識各種大人的娛樂的。跟他在一起總是樂趣無窮。

然而另一方面，他的個性也很粗枝大葉，經常在小地方犯錯，卻又不把這些錯當成一回事。夕香喜歡搶先他防堵那些錯誤。每當計畫案順利成功，夕香就覺得全多虧了自己，建立起自信。

夕香以第三者的身分搶走了他，開始交往，在公私兩方面都照顧著他。夕香向公司以外的朋友炫耀這件事，沒想到眾人異口同聲地說「那是個渣男，最好跟他分了」，但別人愈是反對，夕香愈覺得他們是在嫉妒。他長得帥，又是個萬人迷，卻對自己依賴到沒有她就活不下去的程度，這種快感，那些女人是不會懂的。

雖然職場結婚在公司似乎是同一遭，但上司說夕香可以留下來，所以她沒有更換部門，繼續擔任業務。不過這也如同夕香的計畫。兩人交往的時候，他們徹底隱瞞，不讓身邊的人有所顧慮，工作上也做出成果。即使是婚後，待在職場的期間，她和丈夫也絕對不聊私事，就像以前一樣完全用敬語對話。身邊的人甚至開他們的玩笑：「你們真的結婚了嗎？」但夕香覺得這樣剛剛好。職場不需要私情。

一年後懷孕了，夕香也沒有半句怨言，一直工作到請產假。不管孕吐得多厲害，她也從不訴苦，身體有些不適，也絕對不請假。這是因為過去前輩懷孕、生產的時候，只要稍微示弱，就會引來周圍的攻擊「女人就是這樣」。她下定決心：自己絕對不會落人話柄。

懷孕期間，夕香開始調查托兒所的資訊，然後第一次得知自己居住的地區排隊等著進托兒所的小孩超乎想像的多。她一直以為那是東京或大阪這類大都市的問題，因此有些焦急起來。不過她再查了一下，發現隔壁的市不用排隊。她很驚訝居然有這樣的事。就算在同一個縣內，也有如此大的差異，而且也不到無法搬家的距離，通勤時間會從徒步十五分鐘變成開車一小時。但如果可以確實進入立案托兒所，她覺得顧不了那麼多了。而且仔細調查之後，她發現那個市對育兒似乎頗為用心。市政府標榜直到小學六年級都可以利用學童托育制度，對雙薪家庭十分友善，而且兒童直到國三以前，都可以免除市民醫院的醫療自付額。網站上的照片，全是充滿了自然綠意的美麗環境，實際上遷入該市的人口似乎也在增加。

「什麼？開車要一個小時？當然不可能嘛。」

吃完飯後躺在沙發上的丈夫，二話不說地否決了夕香說想搬家的提議。洗完碗盤，意氣風發地開口提議的夕香，對丈夫意想不到的反應一陣惱火。

「怎麼不可能？反倒是現在方便過頭了。」

夕香摩挲著腰部坐到沙發上。這陣子背部一直很緊，相當難受。

「很方便很好啊。托兒所的話，找這附近的就好了嘛。」
「就跟你說這附近沒辦法啊。你知道有多少小孩在排隊等著上托兒所嗎？」
「不知道。」丈夫翻身繼續說。
「上班要花一小時，表示去接也要一小時吧？
萬一托兒所說小孩突然生病，叫你立刻去接，你能把小孩丟在那裡一個小時嗎？」
聽到預期之外的反駁，話在喉嚨哽住了。
「我又沒這樣說。
可是從現狀來看，很有可能育嬰假都結束了，都還是找不到托兒所啊！」
夕香對照「托兒所利用調整指數表」進行計算[2]，丈夫有二十點，夕香二十點，兩人總共四十點。由於兩人都是全職工作，原本以為絕對進得去，沒想到市公所說點數這樣不夠。即使雙薪全職，還是有許多父母在等空額。
然後，夕香的計畫有一項失算。那就是丈夫的父母也住在市內，這使得他們被扣了兩點。簡而言之，意思就是有爺爺奶奶的話，就可以請他們照顧孫子，但問題可沒這麼簡單。夕香與公婆水火不容，就算央求他們照顧，他們也不可能答應。居然這樣不分青紅皂白地認定，扣除點數，簡直太沒道理了。
「真是的，我工作已經夠累了，

不要回家還對我嘮叨個沒完。」

丈夫把坐墊蒙到頭上，蜷成一團，就這樣睡著了。為什麼只有我一個人在這裡煩惱得要死？你以為這肚子裡的到底是誰的孩子？夕香氣炸了。但是長期以來的交往讓夕香明白，就算繼續對丈夫說什麼，也不可能得到什麼好的解決方案。在職場上替丈夫收爛攤子的總是夕香。與其期待丈夫做什麼，自己行動還比較快。但不管想出什麼樣的解決方法，如果丈夫不點頭，也沒辦法前進。為什麼你就是要來礙我的事？夕香愈來愈煩躁。

預產期兩個月前，夕香去總務課申請育嬰假時，仍然沒有找到具體的解決方案。生第一胎的不安，再加上工作壓力，或許讓她也無法完全照顧好自己的身體。遞出申請文件的瞬間，她有些頭暈欲吐。

「你沒事吧？」

一名女職員問她，扶住她的肩膀。那就是高木柚季。

瞬間，淚水奪眶而出。已經好久沒有人這樣體貼關心她了。柚季直接把她帶去洗手間，說「我在外面等」。夕香抱住馬桶吐起來。進入懷孕後期，她又開始孕吐了，工作中離席去廁所的次數也變多了，她知道同事和上司對此不太高興。都已經幾個月了，

2.日本的托兒所在申請入園時，會根據父母的就業狀況、家庭狀況等各種指數來進行評估。點數愈高即可優先入園。

還在孕吐，不是太奇怪了嗎？有人當面這樣質疑，甚至在背後說她壞話：「如果想要摸魚，幹嘛不乾脆辭職算了？」聽到這話，夕香更強烈地心想：打死我都不會辭職。我絕對不會因為我是女人，就輸給你們。

她用自來水漱口，用手帕擦乾淨後，走出廁所，柚季遞給她一瓶飲料。

「這是運動飲料。我聽說孕吐嚴重的話，有時候會引起脫水。」

「……為什麼……」

夕香想問為什麼她要對自己這麼好，卻接不下去。

「來申請產假的女職員告訴我很多事，所以我也有了一點知識。輪到自己的時候，似乎可以派上用場，也算是幸運吧？」

原本收住的淚水似乎又要橫溢而出，夕香用手帕按住眼頭。她差點就要像小孩子一樣放聲哇哇大哭起來。柚季輕輕地把手放在她的肩上，微笑道：「如果遇到什麼難過的事，可以再來找我。」

後來，夕香便三不五時到總務去找柚季。在有小座位區的自動販賣機請柚季喝飲料，讓她陪伴短短的十幾分鐘。柚季說，她看過許多孕婦，但每個人都會遭到不友善的對待，看到她們逐漸筋疲力竭的模樣，讓人很難受。

「男人真的太自私了！他們到底懂不懂，有他們媽媽把他們生下來，他們才能活在這個世上啊！」

夕香惡狠狠地咒罵著，柚季靜靜地聆聽。夕香從來沒有感受過這種完全被包容的安心感。

「真的。

小孩子出世，明明是一件宛如奇蹟的事。

為什麼他們要對孕婦那麼刻薄，我實在不懂。」

「可是我不會輸。

工作也絕對要繼續做下去！」

昨晚也為了托兒所的事和丈夫吵了一架，夕香沮喪極了。但是只要和柚季說話，就會覺得或許總有辦法，十分不可思議。

「這麼說來，托兒所的點數……」柚季說。「我聽人家說，育嬰假如果沒有請滿一年，提前結束，然後先進入未立案的托兒所，就會加上三點點數。」

「咦？真的嗎？」

「各地方政府規定不同，最好確定一下，不過好像是進入未立案的托兒所，就會被視為有托育的需求，點數就會增加。

「還有，請滿一年育嬰假以後，就會從一歲班開始讀不是嗎？一歲班多半都是從零歲托嬰部直升上去的，沒有太多空額，所以競爭很激烈，很難進去，但有些地方零歲托嬰好像滿容易進去的。」

「……謝謝，我會查查看。」

雖然幹勁十足地說「我不會輸」，但孕婦要兼顧工作和家事實在很困難，而且還要調查托兒所的資訊，不管在時間或體力上，都相當吃力。柚季想要幫忙的好意令人開心。柚季一定會是一個好媽媽。

後來時間忙亂地過去，夕香開始請產假。由於與柚季的時間搭不上，無法向她道別就離開職場了。兩人在公司只是閒聊的交情，所以也沒有交換聯絡方式，這讓夕香很後悔，但她認為反正以後還會重返職場，所以沒有想太多。

夕香回娘家生產，住了兩個月。這讓她知道父母雖然嘴上嘮叨，但還是疼孫子的。母親幫忙看照女兒的時候，夕香久違地與丈夫一起吃午飯。然後夕香提起托兒所的事。就像柚季告訴她的，只要進入未立案的托兒所，點數就會增加。她已經看好要去哪家托兒所了。費用雖然很貴，但氣氛頗為舒適，口碑還不錯。只要當作是在進入立案托兒所之前的過渡時期，費用也還可以負擔。

「什麼？還沒一歲就送去托嬰，根本是虐待吧？」

丈夫大聲怪叫，「小聲點」，夕香拍他的肩膀制止。

「什麼叫虐待？

大家不是都這麼做的嗎？」

丈夫說著「太可怕了」，啜飲咖啡。

「我不懂你幹嘛這麼想要工作？當全職主婦就好了嘛。我們課也是，就算有人重回職場，也都沒兩三下就離職了。」

到底是誰害的？夕香很想痛罵一頓，但用力忍了下來。就算說了丈夫也不會懂。

「我沒問題的。家事、帶孩子跟工作，我都會做好的。我有給你添過麻煩嗎？」

丈夫深深嘆息，埋怨說：

「其實啊，大家都不想要你回來。就算你說會做好工作，可是絕對會遇到小孩子發燒、托兒所辦活動什麼的狀況，非請假不可。那樣一來，倒楣的還是其他人啊。大家都說與其如此，補個沒有孩子的人進來還比較好。你這樣我也很難做人欸。」

你到底是站在哪邊的？夕香一陣憤怒，然後可悲起來。她沒想到丈夫居然愚蠢到這種地步。

「你就先辭掉工作，等到孩子不用操心了，再出來工作就好了嘛。好嗎？」

戰意靜靜地消退了。

從娘家回到自家一看，才離開短短兩個月，住處就變得一團髒亂。應該從來沒有吸塵的地板積滿了灰塵，啤酒空罐丟得到處都是。交往的時候就連這都讓她真心覺得疼惜，如今卻只覺得完全就是惡習。

夕香啟動吸塵器，用力吸著地板，在噪音掩蓋下惡狠狠地哭了一場。

——為什麼沒有人明白？

明明說什麼往後是女人也要工作的時代，男人卻完全不肯協助。明明私底下罵什麼「反正女人生了小孩就會離職」，但女人真的要回歸職場，男人又不准。整天吵著少子化，又不增加托兒所，認定帶孩子就是女人的工作。「要不要幫忙？」這種話，就是沒把帶孩子當成分內的事才說得出口。如果認為是自己分內的事，就不會用「幫忙」這種字眼了。

夕香覺得自己落敗了。

她申請了立案托兒所，但幾乎無望進去。然後職場又沒有她的容身之處的話——最重要的是，丈夫不肯支持她的話，她覺得不管再怎麼對抗也沒有意義。

對於相隔許久來家裡作客的結子，她實在是無法說出真心話。畢竟先前她誇了那樣的海口，說什麼想讓孩子看到母親為事業打拚的樣子，滿口理想，讓她羞恥極了。自己連起跑線都站不上去。如果不裝出離職是自己的意思的樣子，她真的會崩潰。她希望結子眼中的自己是個堅強的女人。

結果育嬰假結束後，她沒有回到職場，就這樣離職了。雖然很想和柚季聊聊，但是柚季在夕香請育嬰假的期間離職了。如果她知道自己落敗了，會說什麼嗎？會摟住她的肩膀說「你很努力了」嗎？還是會為她哭泣說「你一定很不甘心」？

不管怎麼樣，柚季應該會說出夕香最想聽到的話。

育兒充滿了樂趣。

孩子的成長十分迅速。夕香可以一直守在一旁，看著她每天學會新事物。能夠把人生有限的時光用在女兒身上，以某個意義來說，或許相當奢侈。

夕香感覺到母女在濃密的相處當中，丈夫的存在漸漸變得稀薄了。比什麼都更重要的是女兒，只要有女兒就夠了。丈夫不會幫忙做家事或帶孩子也無所謂。夕香對他已經沒有任何期待了。

即使如此，對女兒璃子來說，他仍是個溫柔的爸爸。

儘管夕香天天帶女兒去公園，但假日和父親去公園依舊是特別的活動，父親難得提早回家時，女兒就會吵著要和爸爸一起洗澡。畫了圖就興沖沖地想要拿給爸爸看，如果爸爸稱讚，女兒就會發自真心開懷地笑。

男人真是讓人羨慕到家的生物。

可以盡情為事業衝刺，讓妻子照顧自己，至於養孩子，就只知道占盡甜頭。看到璃子和丈夫父女親密無間的畫面，夕香感覺扎進心裡的刺陣陣作痛——你能幸福，都是因為我犧牲了自己。為什麼你要跟爸爸那麼好？

看著兩人，夕香覺得自己成了女傭。自己這個人似乎早就消失不見了。

兩人是偶然重逢的。

女兒升上小學三年級不久，夕香開始找工作。因為丈夫開始囉唆：「你是不是該出去工作了？」之前丈夫都說「我賺的錢就夠了」，絕對不許夕香出去上班，讓夕香疑惑到底是吹了什麼風？但丈夫說「你之前帶孩子夠辛苦了」，讓夕香覺得頗為滿足。

「可是，璃子可以一個人看家嗎？」

夕香擔心地問，女兒璃子笑著支持說「沒問題的」。所以夕香下定決心。原本花丈夫賺的錢，一直讓她有股莫名的罪惡感，如果可以自己賺錢，或許可以變得更自由。

結子上班的店寄來特價廣告單時，夕香都會去購物，因為她想要誇示全職主婦也能自由購物。其實她是花單身時代存下來的錢，買下一堆根本沒處穿的衣服。但只要開始出去上班，這些衣服應該就不必塵封在衣櫃裡頭，可以派上用場了。

既然要工作，她想繼續當正職人員。如果能夠，她希望和以前一樣做廣告代理商的業務。但是她去職業介紹所搜尋徵人啟事後，大吃一驚。年過四十以後，就幾乎沒有正職人員的缺了。就算向櫃臺人員求助，也說空白時期太長，愛莫能助，只建議說搜尋的時候，可以輸入比實際年齡小十歲的數字看看。這樣可以看到比較多徵才資訊，而且即使不太有希望，還是盡量送出履歷比較好。

感覺就好像被人說只不過經過九年，自己就沒有價值了一樣，回程的路上，夕香的腳步沉重無比。自己明明比一般新人還要能幹。

九年前決定離職的不甘忽然湧上心頭，令她佇立在當場——為什麼就沒有人瞭解？

「你還好嗎？身體不舒服嗎？」

耳邊響起溫柔婉約的聲音。

「……我沒事，謝謝。」

抬頭一看，眼前站著她一直想見的人。

「……高木……柚季？」

夕香問，對方立刻報以笑容回答：「木南夕香？」

柚季牽著一個小女孩。據說今年三歲的她的女兒名叫小杏。柚季說她就住在附近，夕香應著她的邀約，前往她家作客。雖然是間小巧的公寓，但氣氛舒適得就像娘家一樣，這應該是柚季溫柔的個性使然。

「我育嬰假結束，去總務課一看，聽說你離職了，我覺得好可惜。而且也不知道你的聯絡方式……都已經是好幾年前的事了呢。」

自己卻說得彷彿昨天一樣，夕香笑這樣的自己，啜飲柚季端出來的冰紅茶。

「我也一直很擔心，

想要好好跟你道別一聲……

後來工作怎麼樣？」

聽到柚季的問題，夕香搖搖頭說：

「進不去托兒所，我放棄了。

或者說，我丈夫吵說還沒一歲就送去托嬰，根本是虐待小孩。結果我一直在當全職主婦。

可是女兒已經上小三了，我想再出去工作，去了職業介紹所。」

好久沒有像這樣毫不隱瞞地與人對話了。這是究極的排毒，夕香有種討厭的事物全部流出身體的快感。

「原來是這樣啊。」

「你呢？為什麼辭掉工作了？」

「啊，我……」

柚季用面紙擦拭小杏的嘴巴。被牛奶沾出白鬍子來了。這個年紀正可愛呢——夕香想起女兒小時候。最近女兒好像覺得跟朋友玩比較有趣，經常有事瞞著母親，態度也變得叛逆。

「我想要專心進行不孕症治療，所以辭職了。

我覺得繼續在那家公司上班，還要同時上醫院，實在太勉強。」

這麼說的柚季，看起來沒有半點後悔。她果然成了個好母親——夕香再次想起以前就有過的想法。

「可是，中間有一段空白，要再出去工作就很難了。連找到適合的徵人條件都很辛苦。」

「夕香總是很努力，

一定會順利的。」

柚季這麼說，夕香說「謝謝」。結果她聊個沒完，坐了兩小時之久。

「下次再去職業介紹所的話，順便過來坐坐吧。」

臨別之際兩人交換手機號碼，夕香離開公寓。狀況和剛才完全沒變，夕香卻覺得什麼事情都做得到，身體輕盈極了。

夕香每星期去一次職業介紹所搜尋徵才啟事。她照著櫃臺人員的建議，不抱希望地不停投出履歷，卻遲遲沒有面試的機會。

每次去她都買伴手禮拜訪柚季。精心沖泡的紅茶，足以鼓舞她低落的士氣。然後就像在公司那時候那樣，柚季溫柔地聽她訴苦。和柚季在一起，就好像浸泡在糖漿裡一樣，陷在無法動彈的幸福感當中。

相對地，回家以後心情煩躁的頻率變多了。她對女兒說話，女兒也擺出厭煩的態度，用不曉得哪裡學來的不堪入耳的詞彙反駁。每次和小杏玩耍回家後，她就忍不住要比較，埋怨女兒「明明小時候那麼可愛」。

至於丈夫，他回家的時間比平常更晚了。丈夫說有晚輩找他商量事情，她不屑地想：「找這種人商量能有什麼幫助？」這種吊兒郎當、粗枝大葉的男人，有辦法指導晚輩嗎？……這要是我，就能好好地把晚輩培育成公司的戰力。

她沒有把求職不順的事告訴丈夫。她想要輕鬆地找到理想的職位，讓丈夫見識她活躍的模樣。但是都已經三個月過去了。她明白必須降格以求，卻又無法妥協。

回家途中，手機響了。丈夫傳訊息過來。夕香心想真難得，立刻打開，卻看見奇怪的句子。

「今天也去老地方嗎？」

末尾罕見地附上了搖擺的愛心圖案。什麼意思？夕香正在納悶，丈夫打電話來：

「啊，剛才傳錯了，是傳給後輩的。」

從他焦急的口吻，夕香察覺那訊息是傳給自己以外的女人的。晚了幾秒，怒意湧上心頭。

「總之我今天也會很晚才回去。你先睡吧，好嗎？」

丈夫單方面地掛斷電話，夕香啞口無言。如果他以為這樣就能把自己打發，未免太不把她放在眼裡了。

夕香逼問丈夫，他立刻承認外遇了。

「對不起，有年輕女孩倒貼我，我一時鬼迷心竅……

可是你也有錯啊。如果你對我們好一點，我也不會這樣了。」

「你們？你們是誰？」

夕香氣憤地反問，丈夫搔搔頭說「我跟璃子啊」。

「你對璃子有點干涉過度了啦。

聽說你偷看她跟朋友的交換日記？」

「那又怎樣？

我是她媽，做母親的保護孩子，不是天經地義的事嗎？」

「小孩子也有自己的隱私啊。不只是交換日記，寫功課的時間、玩耍的朋友、穿的衣服，你過度把自己的想法強加在她身上了。

那樣她也會透不過氣來啊。」

居然被有空的時候才知道陪小孩的丈夫糾正，夕香勃然大怒。然而她卻找不到反駁的話。

「……我會叫你出去工作，也是覺得這樣下去璃子太可憐了。你應該稍微放手，讓孩子自由比較好吧？」

「……什麼意思？

你是說我礙到璃子了？

一開始叫我辭掉工作的不是你嗎？如果那時候想辦法讓璃子進去托兒所，我繼續工作，就不會演變成今天這種局面了。」

「又在講那件事。」丈夫不耐煩地啐道。「你到底要翻舊帳到什麼時候？你的時間都沒在前進嗎？」

夕香對丈夫早已不抱期待，但沒想到連女兒都嫌她煩，令夕香震驚、不甘極了。女人生孩子、做家事，告一段落之後就要找工作，被丈夫外遇，然後一直以來的犧牲奉獻還要遭到指責嗎？

夕香清楚毒素正不斷地在體內累積——這樣下去不行。

儘管都已經三更半夜了，她明知打擾，但還是打電話給柚季。

「夕香？怎麼了？

出了什麼事嗎？」

聽到柚季壓低的音量，淚水奪眶而出。在柚季面前，她可以卸下一切武裝。對於夕香顛三倒四、不得要領的說明，柚季一一應聲附和。

別人都能明白，為什麼家人卻不明白？

「早知道這樣，根本就不要生什麼小孩了！」

這也是夕香動不動就浮現的念頭。

如果沒有生小孩，繼續工作，自己現在會是什麼模樣呢？

會不會更加受到別人的需要？——難道母親是一種只有無盡空虛的生物嗎？

隔天夕香買了伴手禮去柚季家。她想為昨晚的事道謝——並且還想要再多傾吐一些。

她以熟練的動作按下門鈴。

然而聽到的卻只有空洞的鈴聲，沒有回應。是去買東西了嗎？真不巧。

她走下樓梯，依依不捨地在公寓前面徘徊。柚季會不會很快就回來了？如果打電話給她，會不會聽起來像是在要求她快點回來？夕香煩惱著，仰頭看陽臺——看見柚季走出來收晾曬的衣物。

「柚季！」

夕香出聲，笑著揮手。她一定是沒聽到門鈴聲。幸好沒有放棄離開——夕香興奮地想，然而柚季低下頭，與夕香四目相接的瞬間——那張臉繃住了。起碼看在夕香眼裡是這樣的。

「夕香！怎麼了嗎？」

如此回應的時候，柚季已經恢復如常，但古怪的感覺卻貼附在背部，令人坐立難安。

「我想為昨晚的事道謝，買了蛋糕過來！剛才我去玄關按門鈴，以為你不在！」

「不好意思！我剛才在陽臺，可能沒聽見！

上來吧！」

好！夕香折回原路，柚季請她進去，兩人度過了一如往常的時光。然而夕香的懷疑卻沒有消失，而是不斷地膨脹變大。

——她是不是假裝不在？

就算是，夕香也想不到為什麼柚季要那樣避著她。兩人一直都很正常地往來，昨晚的電話，柚季也沒有任何不高興的感覺。但是柚季看到夕香那一瞬間的那張表情，讓夕香記在了心上。

柚季是不是其實不喜歡自己去她家？然而每次她都笑臉迎人，收下伴手禮——難道她是看著夕香未曾對任何人表現出來的軟弱部分，暗自竊笑？

不可能——夕香想要這麼想。

她絕對不願意相信連柚季都背叛了自己。

不管發生任何事，柚季都會站在自己這邊。

夕香想要確定這一點，聯絡的次數增加了。她每天打一通電話，如果柚季沒接，就不斷地傳訊息直到她接。去柚季家的頻率也變成兩、三天一次，倘若柚季沒有明確同意夕香說的話，她就會反問：「我錯了嗎？」否則就會不安極了。如果拜訪的時候柚季不在，她就會豎起耳朵聆聽屋內的動靜，確定是不是真的，並且打柚季的手機，在公寓前面埋伏直到時間耗盡……

就在這時，柚季家隔壁的大嬸對她開口：「欸，太太。」陌生人突然這樣叫她，首先就讓夕香生氣。太沒禮貌了。

「我不知道你跟柚季有什麼仇，可是都多大的人了，至少也要有點常識吧？」

「……什麼常識？你自己才是，對著不認識的人，不覺得這樣說話很沒禮貌嗎？」

「如果你沒發現，那你真的很遲鈍。」

大嬸誇張地嘆氣說。

「柚季人很好，所以才說不出口，不過你這樣當然給人家造成困擾了。

柚季實在很可憐，你不要再騷擾她了。」

——原來當時不對勁的感覺不是多心。如此承認的瞬間，柚季過去對她所說的每一字每一句，意義全都顛倒過來了。虧她那樣相信柚季，結果柚季居然到處向左鄰右舍說她的壞話？

——你是在耍我嗎？

夕香想要逼柚季如此承認，逼她道歉。

她意氣用事，不停地打電話，但是打到第幾次時，手機關機了。這等於證明了她的懷疑是事實，夕香不甘心極了。

後來她不管做什麼都不停地想到柚季，湧出一股跑去她家、撬開玄關門的衝動。但現在她知道附近的人都把她當成「跟蹤狂」，去柚季家的路途變得太遙遠了。

結果後來夕香只能不斷地寄出不可能得到回音的長篇訊息。她自己也明白這很愚蠢，卻無法克制。她想問柚季到底是什麼意思，想要讓柚季明白自己被傷得有多深，然而對方完全沒反應。遭到忽視，讓夕香更加怒不可遏了。

但是隨著時間過去，夕香醒悟到自己做的事有多愚蠢，心想非道歉不可。不管怎麼樣，她還是不想被柚季討厭。

離最後交談之後過了兩個月，夕香相隔許久地打電話過去。

「您撥打的門號已不再使用。」

她不敢相信，再重打了一次，然而聽到的卻是一樣的通知。

夕香衝出家門，跑到柚季家，按門鈴喊柚季的名字。

——柚季！求求你，回應我！

然而隔壁的大嬸探頭出來，一臉厭煩地說：

「柚季他們搬走啦。」

照顧丈夫讓夕香覺得毫無價值，她決定回娘家。丈夫只擔心沒人做家事，這讓夕香更是心寒到家：我可不是你的女傭。她也問璃子：「你要跟爸爸還是跟媽媽？」但璃子說「我不想轉學」，結果夕香一個人回娘家了。

娘家的母親根本不當一回事：「只不過外遇一次，就原諒他嘛。」母親叫她先冷靜一下，平靜心情，但夕香已經不打算回去了。

她想要找人傾吐。然而實際面對別人，就忍不住逞強，別說吐露真實狀況，甚至還會謊言連篇來粉飾。和新婚的結子碰面時，也對她找了一堆碴，這樣的自己實在是太可悲了。

得找工作才行。夕香降低條件，送出履歷，好不容易得到面試機會，卻一直拿不到內定。她覺得就像被別人宣言：已經沒有人要你了。

晚上上床以後，即使不願意，也會想起丈夫和女兒還有柚季。世上的家庭，都像自己這樣不順嗎？或者覺得不滿的只有自己？

她上網瀏覽育兒部落格，嫉妒那些幸福洋溢的文章，傷口被刨得更深了。一直以來，她應該是全力以赴，卻究竟是在哪裡失敗了？夕香不懂。

就在這時，她注意到一個在排行榜前幾名的部落格。

「WELCOME HOME BABY～～歡迎來到我溫暖的家☆」

是在室內風格與親子類別中很受歡迎的部落格。最近剛搬去的新居引來許多羨慕的留言。她心想世上有些人真的很幸福。社群網站只不過是拿來炫耀幸福的工具，只有希冀別人羨慕的人才會去搞這些。

然而看到親子穿搭的照片時，她懷疑自己看錯了。

雖然臉遮起來了，但那毫無疑問就是柚季和小杏。

夕香原本還有些自責，覺得是她把柚季逼到搬家，然而柚季現在依然過得很幸福。她覺得那篇文章像是在對她賣弄。她就是知道自己總有一天會看到，才會寫下這種文章，不是嗎？

部落格上面有沒有寫自己的壞話？夕香回溯以前的文章，細看每一個字，部落格卻在不知不覺間關閉了。柚季有沒有玩其他的社群網站？夕香用網路代號和部落格名稱搜尋，結果找到了一個炮轟媽媽部落格的論壇。

上面甚至寫出了應該是柚季現在住的公寓住址——夕香嚇了一跳：原來柚季也搬到夕香娘家的N市了。

——或許可以見到她。

夕香開著娘家的車，在公寓附近和幼稚園、托兒所周圍徘徊。

她不知道見到柚季以後，自己想要怎麼做。

但她也只有這條路可以走了。

看到小杏和一個小男生在超商前面躲雨時，她覺得老天爺在保佑她。她想要傷害柚季。她想要破壞她珍惜的事物，讓她體會自己的辛酸。

＊＊＊＊＊

夕香牽著和小杏一起的男孩的手，跑向加油站的休息處。手中的體溫好令人懷念。璃子這個年紀的時候，也會無條件地說她喜歡媽媽。

「阿姨在這邊等你，你會一個人上廁所嗎？」

夕香打開廁所電燈問，男孩點了點頭，進去裡面。突來的大雨，把三個人都淋得一身濕。夕香在商店買了三條毛巾——然後注意到其中的矛盾。她正準備把兩個孩子丟到山上，何必擔心他們感冒？

她明白這是在遷怒。

不管柚季是幸還是不幸，對自己的人生都沒有任何影響。然而為什麼自己會這麼痛苦？

她把毛巾交給走出廁所的男孩。她說「要好好擦乾喔」，男孩便說「謝謝」。好久沒有人像這樣感謝她了。「不客氣。」她牽起男孩的手，走出外面。她想要就這樣永遠牽著這惹人憐愛的體溫。

——誰來救救我。

正準備衝出毫無歇止跡象的雨中瞬間，夕香看到一張認識的臉——是結子。

她怎麼會在這裡？

夕香看見結子往這裡跑來。

夕香緊緊地握住男孩的手。

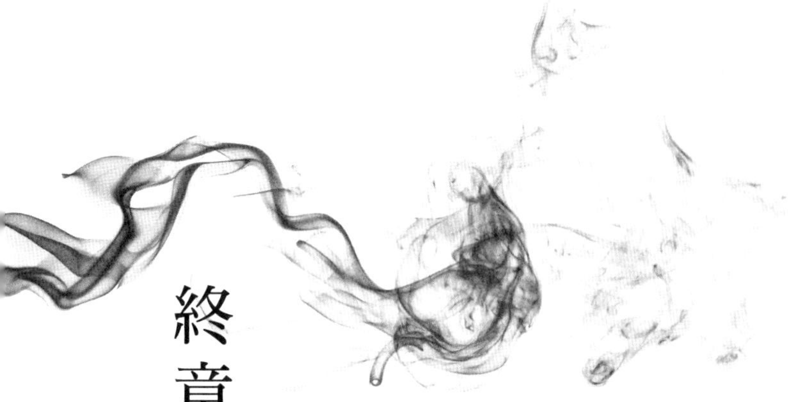

終章

＊＊＊＊

「她是透過特別收養手續，變成我們的孩子的。」

聽到柚季的話，千夏子張著嘴巴，就這樣僵住了。這對於拿出血緣關係，貶低自己的孩子的千夏子來說會太過分嗎？就算是這樣也無所謂。

——柚季怎麼樣都無法原諒貶低自己孩子的發言。她曾經逃避這件事，甚至為此搬家，但她不想再息事寧人了。

「不管有沒有血緣關係，養育孩子都是一件困難的事。

我也是經歷過許多煩惱的。」

千夏子表情扭曲，搖了搖頭：

「……你跟我完全不一樣。

我真的是個很沒用的母親……」

柚季並不是想要責怪千夏子——或是夕香。

柚季輕輕地牽起千夏子的手。拜託，請聽我說。

「千夏子，如果你有煩惱，可以跟我說。

不要一個人煩惱，就說出來，一起克服吧。」

現在的話，柚季也能夠對夕香這麼說。現在的話，她瞭解當時應該這樣跟她說的。

——我不會再犯同樣的錯了。

結婚兩年，還是沒有懷孕，柚季和丈夫一起去婦產科檢查。

經過許多檢查後，發現有問題的是丈夫。丈夫接受了三次精液檢查，但精子的濃度和運動率都不好，醫生說從檢查數字來看，無法期待自然懷孕。

先前丈夫一直開朗地鼓勵柚季，還會故意搞笑：「好！今天晚上也一起奮鬥吧！」然而發現原因出在自己身上，他懊喪到家。柚季也設法鼓勵丈夫，卻沒辦法像丈夫那樣逗趣，每天都覺得心急萬分。

想要懷孕，就只能做顯微授精術。

醫生這樣說，但柚季和丈夫都遲遲難以跨出一步。柚季任職的公司環境很不友善，完全不可能坦承自己正在進行不孕症治療。她看過許多人請完育嬰假回來，最後還是忍氣吞聲地離職。柚季也很努力想要支持她們，但憑她一個人，不可能改變公司的風氣。

「要不要離職，專心做不孕症治療？」

丈夫如此提議。

「我還是不想連試都不試就放棄。

雖然會給你造成負擔，但我想要努力看看。」

柚季被丈夫的熱忱打動，離職進行不孕症治療。

但是即使不孕的原因在於丈夫，治療造成的負擔，絕大部分都是妻子的身體在承受。

每天注射排卵誘發劑、驗血照超音波確定卵子的成長、採卵等等，都是妻子要做的事。丈夫能夠做的只有採精，這似乎更讓丈夫於心不安。

自從開始進行不孕症治療後，柚季的身體就經常不適，所以丈夫下班回家後，明明應該很累了，卻說「交給我吧」，一手包攬家事。顯而易見，丈夫對柚季感到虧欠，柚季卻不知道該如何安慰他才好。

第一次採卵採到了七顆卵子。雖然全部進行了顯微授精術，但順利受精的只有三顆。受精卵分成三個月移植，卻都未能順利成長，又必須從採卵重新做起。

「對不起，都是我不好。」丈夫低頭說，柚季說「再努力看看就行了，沒事的」，但也疑惑這樣下去好嗎？自從丈夫知道問題出在自己，就再也不碰柚季了。夫妻間的行為，不應該只是為了生孩子而已，這讓柚季覺得做為夫妻，這樣太不自然了。然而柚季也無法主動開口——彼此都不敢吐露真心的日子持續著。

就在這時，婆婆發現罹癌了。

他們沒辦法再管不孕症治療，柚季暫時停止上醫院，陪伴住院的婆婆。感覺似乎不幸接踵而至，令人難過，但最難過的還是丈夫和婆婆。柚季盡量表現得開朗，聆聽婆婆說話。婆婆告訴她丈夫小時候的各種回憶，裡頭還有許多她從未聽說過的事。

「柚季啊，對不起啊。」

聊天告一段落時，婆婆道歉說。

「都是我害的，對不起喔……你們現在沒辦法做不孕症治療對吧？」

丈夫為了柚季，把無法生小孩的原因在他身上這件事告訴了雙方的家人。生不出小孩，會被著急地催促的多半是妻子。丈夫就是為她設想，好避免這種情形。

「媽，別這樣說。

我跟他剛好都有點累了，所以暫時正在休息。

可以像這樣跟媽聊天，我得到很大的安慰。」

婆婆搖頭，又繼續道歉：

「……都是我生下來的兒子沒法好好生孩子，才會給你添麻煩。」

柚季難受極了，握住婆婆的手。婆婆不明白原因是什麼，卻想要把責任全往身上攬。

「媽，不要這樣說。這不是誰的錯。

我只想要媽好好活著。

媽不用擔心這些。」

這是柚季的肺腑之言。比起尚不存在的孩子，她更珍惜婆婆和丈夫。

這天晚上，丈夫下班回來後，柚季開口了：

「我們可不可以就這樣停止不孕症治療？」

柚季忘不了丈夫扭曲成一團的表情。他露出好似受傷、又好似安心的表情哭了。

「我們一直想著還不存在的孩子，卻忘了眼前的對方。

每天就只想著這件事，就好像有沒有孩子，決定了我們幸不幸福。

我想要和你過得更快樂一點。

我想要珍惜現在活著的人。」

丈夫低下頭說：「對不起。」

「對不起……沒辦法讓你當母親，對不起。害你為我辭掉工作，對不起。讓你接受那麼多難熬的治療，對不起。」

柚季抱住不停地道歉的丈夫的頭，也跟著哭了。應該早點這麼做的。

在路上看見孕婦或是同遊的親子，即使自以為想開了，悲傷還是會靜靜地湧上心頭。也會萌生念念不捨的念頭：或許再努力一次就能懷孕了。

特別收養制度的事，是丈夫提起的。

他們公司有人透過民間團體收養了新生兒。聽到收養，柚季以為只有從兒童諮商所收養已經長大的兒童的印象，所以很驚訝，然後湧出興趣來。

「我得知特別收養制度時，想起你曾說『我想珍惜現在活著的人』。」

丈夫的表情已經不再悲觀了。後來兩人和收養孩子的前輩聊天，參加民間團體的說明會，蒐集資訊。

要在民間團體進行登記，需要一些條件。

夫妻其中一人要二十五歲以上，經濟穩定，夫妻感情良好。這個制度不是為了無法生子的夫妻而成立的，而是為了讓孩子得到幸福，因此無法要求不能有身心障礙或指定性別。

對於每一項要求，柚季和丈夫都仔細討論過了。不必像不孕症治療時那樣，對彼此有所顧忌。

養育孩子是怎麼一回事？

孩子的幸福是什麼？

即使身心有障礙，也能發誓愛他一輩子嗎？

萬一他們有了自己的孩子，還能對收養的孩子付出同等的愛嗎？

兩人交換意見、得到共識，然後——決定收養小孩。

在登記之前，有文件審查、面試、家訪等許多門檻。兩人逐一通過，總算順利完成登記——

從知道特別收養制度後過了三年的時候，期盼已久的瞬間終於到來了。

他們接到通知：有個嬰兒希望你們收養。接著兩人做好迎接嬰兒的準備，等待收養的那一天。

前往最近的車站迎接孩子的路上，柚季一直不停地發抖。

驗票口另一頭，民間團體的職員抱著嬰兒走過來了。然後看到他懷裡的嬰兒瞬間，柚季忍不住驚呼：好可愛！

「臉頰是杏子色的。」

柚季喃喃，輕輕地將她擁入懷中。

他們和職員一起回家，確認接下來需要的文件，討論往後的事，柚季漸漸地充滿了責任感與幸福……

他們在那一天變成了爸爸和媽媽——然後發誓不管怎麼樣，都一定要讓小嬰兒幸福。

肚子完全沒有變大，卻突然有了個嬰兒，周遭的人會疑惑也是當然的。所以柚季和丈夫對平常都會打招呼的左鄰右舍介紹：「我們收養了小孩。」也許會有人在背地裡說什麼，但是她和丈夫說，不是只有收養小孩才會招來閒話。愛說八卦的人，不管任何事都會拿來搬弄口舌，就算去在意也沒用。

不過同一棟公寓的前輩媽媽們都以融化般的眼神接納了小杏，說：「好久沒抱到嬰兒，又想要再生一個了。」

小杏長到三歲時，柚季便好好地告訴她有兩個媽媽，一個是在肚子裡把她養大的媽媽，還有現在的媽媽。不管再怎麼隱瞞，總有一天她還是會知道。與其讓她從旁人口中聽到，還是父母親口向她說明比較好。只要他們建立起堅定的親子關係，應該就不會被這些事所影響。柚季與丈夫如此討論決定。

小杏年紀雖小，但似乎也努力去理解。一切都很順利，他們過著幸福的日子。

與夕香重逢的時候，她也只是湧出懷念的心情而已。

就像夕香因為帶孩子而無法復職，柚季也沒辦法一邊工作一邊進行不孕症治療。由於兩人都知道那家公司的黑暗面，一起對抗過，所以甚至有種戰友般的情誼。柚季打算等小杏上了小學，可以自己在家以後，繼續出去工作，所以很支持夕香，希望她求職順利。

然而夕香每次來家裡，就不停地說丈夫和孩子的壞話。柚季實在不願意聽她說那些——她尤其無法容忍對孩子的不滿。

好不容易生下自己的孩子，為什麼要說那種嫌棄孩子的話？但柚季把這些話吞了回去。她認為別人家的事不應該出口干涉。他們家應該是最清楚這一點的。

但是那天三更半夜接到電話，夕香說出了那句話。

——早知道這樣，根本就不要生什麼小孩了！

聽到這話的瞬間，一股無以名狀的嫌惡感湧上心頭，讓柚季拚了命才嚥下幾乎要破口大罵的衝動。

——生小孩不是你自己作的決定嗎？

與丈夫促膝長談的內容中，他們再三確認的，是他們是否已經有了覺悟，即使孩子長大以後與自己想像的不同，也不可以自暴自棄地想「早知道就不收養什麼小孩了」。他們並不是收養了一個洋娃娃，而是要和一個獨立的、有感情的、不折不扣的人相處下去。不管那是親生的還是收養的孩子，這一點都沒有任何不同。柚季與丈夫意見一致。他們認為不論是父親、母親還是孩子，都是不同的獨立人格，有各種想法。而這些不同的人一同和睦地生活在一起，就是家庭這樣的形式。

所以柚季無法原諒夕香說的話。

她怎麼可以說這種背叛孩子的話？

然而另一方面她也自問，如果自己有孩子，會對這句話有這麼深的嫌惡感嗎？——

她無法斷定這其中沒有半點無法生子的自卑心作祟。自己的想法是對的還是錯的？什麼才是正確答案？柚季左思右想，結果接到夕香的電話後，她失眠了一晚，就這樣迎接早晨。

她想要暫時和夕香保持距離，整理混沌的思緒。如果就這樣跟夕香碰面，也許尚未消化的心情會透露出來。

門鈴對講機上的畫面出現夕香一如往常的笑容，柚季卻無法按下通話鍵。「是阿姨！」小杏就要跑向門口，但柚季制止她說「媽媽肚子有點痛」，這不成藉口的藉口，令她對自己心生厭惡。明明平常她都教導小杏要和大家和睦相處的。

確定夕香從對講機畫面消失後，柚季決定今天快點做完家事，好好休息。她走到陽臺收衣服，瞬間——

「柚季！」

底下傳來呼喚聲，嚇了她一大跳。夕香正仰頭看著這裡，笑著揮手。柚季對完全不懷疑自己的夕香感到抱歉，但是希望能有一點空間的心情卻不斷地膨脹。

然而，夕香不肯放過她。

夕香以超乎過去的頻率到家裡拜訪、打電話，訊息一則接著一則傳個不停。

「我沒有說錯吧？」

每次夕香這麼問，柚季就附和「當然」，內心卻完全無法苟同。

——說什麼不生小孩就好了，這不是太過分了嗎？

——你根本沒資格當母親。

責備夕香的話沒有說出口，不停地在體內累積。

在一次次的見面當中，「暫時不想見到她」的心情變成了「永遠不想再見到她」，柚季害怕在路上不期而遇，甚至不敢出門。她希望夕香從她眼前消失。她想要思考的時間。

她開始害怕與人相處。她再也無法坦然說出自己的心情了。

「就算小杏是你的親女兒，我想還是一樣的。」

丈夫注意到柚季的異狀，問她出了什麼事，然後這麼說。

「是嗎？我不是在嫉妒夕香嗎？

我忍不住會想，我做為母親，真的完全不愧對這個身分嗎？」

「你是個很棒的媽媽啊。小杏最愛你了不是嗎？

再說，不管是不是親生的，為了養孩子而煩惱，這不是天經地義的事嗎？

而且就算孩子是親生的，還是一樣會跟媽媽友吵架或翻臉，也會有做錯的地方。

「更何況，以後你也會跟小杏吵一堆架的。畢竟是親子嘛。

「……可別小看養孩子囉？」

丈夫搞笑地說，柚季也被逗得微笑。

「小杏很擔心你。

說媽媽都無精打采的。

你的笑容就是小杏最大的喜悅。

如果這裡的環境讓你無法歡笑，我們搬去可以讓你露出笑容的地方就行了。我已經說過好幾次了，無論小杏是親生的還是收養的，我都會說一樣的話。這一點都不是什麼特別的事。

我們是一家人，大家一起思考可以得到幸福的方法吧。」

他們配合大伯調動，租下他的公寓，搬進裡面。柚季沒有告訴媽媽友們詳情，但她們都叫她再回來玩，十分窩心。

與夕香拉開距離，來到飄浮在半空中的高樓大廈後，柚季仍細細地思考，認為即使因為收養了孩子，讓她對育兒的想法改變了，那樣的想法也不是錯的。

正因為他們不是自然懷孕，所以夫妻間進行了多次討論，針對「扶養孩子」這件事仔細思考過。這一點還是很重要的。

柚季錯誤的地方，在於她把不符合理想的人，都當成了「邪惡」。但這樣是不對的。只是每個人的狀況和價值觀不同罷了。如果柚季處在與夕香相同的處境，或許也會說出一樣的話來。

搬家時解約的手機，現在也還在手上。夕香寄給她的許多訊息，她都沒有刪除，留在裡面。現在她沒有勇氣打開，但即使不看，也能鮮明地回想出上面寫些什麼。是咒罵柚季的各種污言穢語。但那些都不是夕香的真心。

——她是在求救。

不應該生什麼小孩的。

柚季之前沒有發現，夕香已經被逼到了非說出這種話不可的地步。柚季遺漏了如此單純的事實，只看到話語的表面，過度反應罷了。

自己能夠做的，只有聆聽夕香說話，然後真實地表達出自己的心聲。不是誰對誰錯。如果夕香因此而討厭她，那兩人的友誼就到此為止，但這也不代表柚季錯了，或是夕香錯了——現在柚季明白了這一點。現在的話，她可以用自己的話告訴夕香。

「夏紀媽媽！」

剛才在會客室的年輕保育員從走廊跑了過來。柚季和千夏子回過頭去。

「找到他們了！」

＊＊

——如果夕香沒有在眼前讓兩個小孩上車，或許做出這件事的就會是我。

在超商看到孩子，想要追上他們的時候，自己在想些什麼？結子回想起來，渾身戰慄。自己毫無疑問想要把他們帶走。

結子跑向夕香，夕香紅著眼睛盯著她看。她知道呵護地握著男孩的手的夕香，其實也在後悔了。結子不知道夕香出了什麼事，但是她想要幫她。

「夕香，你要送孩子回家嗎？」

結子問，夕香瞪大眼睛，說不出話來。結子打算把夕香帶走孩子這件事當作沒有發生過。

「你們是偷偷跑出托兒所的嗎？」

結子把目光放到與男孩同高問，男孩點了點頭。看到穿水藍色罩衫的他時，結子第一個就想到這件事。

「保育員一定很擔心，先打電話通知吧。

……大家都在等你們，我們一起回去吧？」

男孩再次點點頭。

夕香說她無論如何都無法面對女孩的母親，所以由結子送他們回去托兒所。她打電話到男孩告訴她的托兒所，說明她發現有小孩在大雨中行走，準備帶他們回去，園方相當感謝。看來果然引發了軒然大波，聽說警方也正在找人。結子鬆了一口氣，幸好沒有越線釀成悲劇。

後車座上，男孩對女孩說：「我還是想要我媽媽，對不起。」是小情侶的私奔嗎？回到托兒所時，男孩和女孩跑向各自的母親，被她們纖細的手臂抱住。女孩的母親就像部落格給人的印象，看起來人很溫柔。

結子不想再追究部落格的內容了。ｍａｍａ告訴她的話都是真的。她決定這麼想。

離開托兒所後，結子前往和夕香約好的家庭餐廳。結子不能讓夕香就這樣一個人回家。在停車場看到夕香的白色汽車時，她鬆了一口氣。她本來以為夕香可能不告而別。

告訴店員和人有約後，結子趕往夕香在等的店內桌位。夕香坐在送上桌的紅茶前面，一動也不動。

「我把他們平安送回去了，兩個都好好地回到母親身邊了。」

結子坐到夕香對面說。夕香小小聲地說「太好了」。

「……謝謝你阻止我。」

結子已經不再問阻止什麼了，而是說：

「如果你有什麼煩惱，可以告訴我。」

「……對不起，之前對你說了那麼多難聽的話。」

「咦？」

夕香抬頭看結子。

「叫你快點生小孩、說你先生可能有外遇……

那些都只是我在遷怒。

我這個人真是爛透了呢。

有外遇的是我丈夫。

被小孩拋棄的也是我。

我現在一個人回娘家住。

……真的對不起。」

結子覺得總是完美無缺的夕香，現在看起來就和自己一樣是個普通人。

「……我完全不知道，我完全沒發現。」

「我太愛慕虛榮了。

我不想被別人看到我的軟弱，

然而又想要有人瞭解我。

……連我自己都覺得這種個性麻煩透了。」

夕香皺起眉頭苦笑，接著破顏一笑，淚水滑下臉頰。

「……或許真的很無聊，」夕香這樣說，接著說下去。

「只要一個人就好，我希望有人可以對我說『我明白你沒辦法繼續工作的不甘心』，完全包容我。

「這樣一來，或許我就不會一直被過去給絆住，可以展望前方。

……聽了會很想說『不要怪到別人身上』對吧？」

話語之間滲透出她無法徹底拋棄的自尊心。

「我懂。」

結子斬釘截鐵地說。

「我也發生過很多事，

可是我也沒辦法全部告訴你。

因為你看起來很幸福，擁有一切……我一直很羨慕你。

不過，往後我們對彼此敞開心房吧？

……對彼此吐露真心話，好嗎？」

夕香喃喃說「謝謝」。

目送夕香離開停車場後，結子上了車。窗外的大雨讓車子裡變成了只屬於她一個人的空間。其實她想要別人在她身邊。她不知道自己一個人，能不能承受丈夫的心已不屬於自己的事實。但這同樣不是能依靠外人解決的問題，這是夫妻間的問題。

可是如果還是不行，她會打電話給夕香。就讓她看到自己所有難看的一面吧，然後讓她肯定這樣的自己吧。

結子沒有去見丈夫上司太太的勇氣，打算用電話談談就好。如果有什麼話，希望當場說完結束。但是結子拿著手機正在猶豫時，對方先聯絡了。

「……喂？」

結子輕輕吁氣，調整呼吸。

「結子，你可以立刻過來公司一趟嗎？」

電話另一頭的聲音沒有來店裡的那種活力，聽起來相當疲累。

「……出了什麼事嗎？」

「阿創的樣子很不對勁。」

「很不對勁？怎麼回事？」

「……他在和客戶討論的時候，突然哭了起來。我剛剛送吃的到公司來……」

突然哭起來？聽到這話，結子無法想像那模樣。結子從來沒有看過丈夫哭泣的樣子。但對方說並不是挨客戶的罵，或是起了爭執。

「那他怎麼會哭？」

那模糊的說法，讓結子加重了語尾問。

「阿創最近不是都很沒精神嗎？就像變了個人似地很陰沉……

我懷疑他是不是得了憂鬱症之類的。」

結子在毫無歇止跡象的雨中驅車趕路。直到剛才她還害怕在大雨中開車，現在卻完全不在乎了。她想要盡快趕到丈夫身邊。

憂鬱症——聽到這三個字，她第一個念頭是：怎麼可能？

丈夫有那麼多朋友，對工作又投入，總是陽光開朗，怎麼會？——但即使回想他最近的表情，也無法想像他歡笑的模樣。不過結子以為丈夫只有在她面前才會如此，以為那是因為丈夫討厭起自己了。

但是，難道丈夫真的是得了憂鬱症嗎？可是究竟怎麼會？

小型大樓的一樓是丈夫任職的事務所。社長太太站在屋簷下等她。

「阿創在小憩室休息。

外子出去了，晚點我會跟他說，今天你先帶阿創回去吧。」

結子用對方遞過來的毛巾擦著頭，由她領著進入屋內。幾名員工各自對著辦公桌。默默工作的他們，腳底下放置著睡袋和泡麵。結子第一次看到丈夫的職場。這裡沒有在烤肉會上看到的輕佻與隨便，甚至瀰漫著緊張感。結子發現自己原本有些看輕了這份工作，以為那就像學生的社團活動。

「我老公有點蠻橫。」上司太太在遠離員工的走廊角落開口說。

「尤其是新進人員，因為不習慣外子粗魯的口氣，經常會萎縮下去。這種時候，都是阿創幫忙打圓場，緩和氣氛。」

結子點點頭，催促下文。

「他會為了促進大夥的感情，舉辦烤肉會，撥時間聆聽晚輩傾吐……或是我的抱怨，但也因此拖到加班，真的有太多事情都多虧了阿創。明知道他是那種人家拜託就拒絕不了的個性，我卻忍不住依賴他……

可是我在猜，他其實想要辭掉我們公司。」

「怎麼會？」

「我看到了，看到他在網路搜尋『想要辭職』。」

社長太太的眼睛滲出薄薄的一層水膜。

「可是萬一他辭職，是我們的一大損失，所以我一直裝作沒發現。

我明知道他一直在勉強自己……

去你上班的服飾店時，其實我是想要跟你說的，可是卻說不出口……」

自己到底是透過多扭曲的鏡片在看人？結子對自己羞恥極了。即使撕開她的嘴巴，也不能說她懷疑丈夫外遇。

「我還在求學的時候就懷孕了，所以從來沒有在外面正式上班過。看到像你這樣能幹的職業婦女，就忍不住想要刁難。真的很對不起。」

結子只能說「別在意」。自己覺得對方擁有自己想要的事物，然而對方卻在自己身上看到想要的事物。社長太太一定也是這樣，完全沒有發現這個事實。

被帶去的小憩室，是約兩坪大的儲藏室，裡面勉強塞進一張沙發床，丈夫就抱著膝蓋坐在上面。結子走進室內，一關上門，立刻跪下來蹲到丈夫面前。

「……阿創，你還好嗎？」

結子無法直視他充血的眼睛和赤紅的鼻頭。丈夫什麼時候瘦成了這樣？

「……我怎麼會這麼沒用？」丈夫的表情扭曲。

「明明在工作，眼淚卻突然掉下來。

還老是犯一些新人才會犯的小錯，成天挨學長的罵，預定的事情也一下子忘得一乾二淨，滿腦子就只想回家……我怎麼樣就是不想工作。」

「……為什麼不告訴我？」

「我說不出口啊。」丈夫抱住頭。

「結子工作表現這麼棒，家事也一手包辦。然而我卻像這樣，什麼事情都做不好。我根本不是結子理想的丈夫。」

「……怎麼會？」

「我沒辦法跟你親熱，也沒辦法生孩子。我這個樣子，你一定會討厭我的。」

結子下定決心把手伸向丈夫的頭：

「我才不會討厭你。」

丈夫沒有拒絕，只是靜靜地任由她撫摸——許久不曾摸到的丈夫的頭髮，扎得掌心刺刺的。這讓她懷念極了，忍不住熱淚盈眶。她一直好想觸摸丈夫。

丈夫微微抬頭，向上看著結子。就像被丟棄的小狗看人那樣，小小聲地呢喃：

「……我去攝影開車回來的路上，經常看到一身西裝、醉得東倒西歪的大叔。才八點多而已，他們卻已經醉得快不醒人事了。這讓我總是想：我現在才正要回公司，工作到三更半夜，為什麼卻有人可以從星期一就大喝特喝？

為什麼我不能回家？

我一直以為結婚以後，就可以吃結子做的飯、一起睡覺、一起起床，所以才這麼努力的。

我以為結婚以後就會改變的。可是事實上卻沒有，結果都一樣。

然後我忍不住想：這樣的日子到底要持續到什麼時候？然後就開始怕了起來，覺得難以忍受。

可是大家都這樣工作，學長和大家也都對我很期待。

然而為什麼之前做得到的事，現在卻做不到了？」

結子對著看起來變得好小的丈夫喃喃說「對不起」。我完全沒有注意到，真的對不起。

「……休息一下吧。

好好地去看個醫生，盡情地大睡特睡。這樣一來，就會恢復從前的活力了。」

「……真的嗎？」

「真的。」結子抱住丈夫的頭。

「我們好好地談一談吧。

我絕對會一直陪在你身邊。」

確定丈夫睡著以後，結子小心不吵醒他，溜出床鋪。丈夫說他總是裝睡，結子聽了很驚訝，但現在似乎是真的睡著了。她忍不住笑：我們兩個還真像。之前如果丈夫先睡，結子也一樣會睡不著。

她查了幾間網路上風評不錯的醫院，筆記下來，決定明天早上打電話掛號。然後她忽然想起收在衣櫃裡的小紙箱。她搬出寫著「婚禮相關」的那個紙箱，相隔一年打開來。

別人寄來的祝賀電報、自己親手做的歡迎小熊、燒錄了婚禮背景音樂的ＣＤ光碟……明明也不是多久以前的事，卻已經懷念起來了。結子說自己年紀也不小了，不用辦婚禮也沒關係，丈夫卻說無論如何都要辦。

——我拍過很多人的婚禮，大家都說辦了婚禮不會後悔。不只是新人本身，父母和親戚也是。

聽到丈夫這樣主張，結子也沒辦法堅持說不要，退讓百步，選了一家小教堂，只邀請了親近的人參加。這讓她看到父母和祖父母高興的表情，她必須感謝丈夫。

結子拿起收在箱子底部的硬紙，放在膝上打開。上面寫著當時跟著日語不流利的外國牧師一字一句發誓的那段話：

我發誓無論是順境或是逆境，

富有或是貧窮，

健康或是生病，

都會愛你、尊敬你、安慰你、幫助你，

直到天長地老，

伴你共度一生。

這是在電影或電視劇中聽過好幾次的陳腔濫調。

因為太老套了，總覺得像在唸戲劇臺詞一樣，令人害羞，但當時結子並不明白它真正的意義。

結婚並非終點。生活還要繼續下去。

結子再次悄悄地一個人重新發誓——對應該在教堂裡向祂發誓過的神明宣戰：「走著瞧吧！」

*

夏紀一看到千夏子，便頭也不回地飛撲上來。摟住脖子緊抱住自己的兒子，臉頰燙得就像熱水袋一樣。「對不起！」夏紀在耳邊哭著，千夏子覺得好久沒聽到他的聲音了。夏紀的臉頰上糊滿了分不清是淚水還是鼻水的液體，但就連這都讓人覺得懷念。夏紀平安無事。體認到這一點的瞬間，淚水奪眶而出。千夏子很意外——自己居然會哭。

「你為什麼跑出超市？

你沒聽見媽媽在找你嗎？」

柚季難得厲聲罵人，小杏也一臉欲哭地說「對不起」。

「我想要一起去找小夏的媽媽。」

「小夏的媽媽不是在這裡嗎？」

小杏搖搖頭：

「我想要幫小夏找新的媽媽。

小夏說他是不小心弄錯，跑到媽媽的肚子裡的。所以我想要幫他找新的媽媽。」

夏紀的身體一顫，把千夏子抱得更緊了。

「可是小夏說他還是想要現在的媽媽，說他最喜歡現在的媽媽了。

……小夏可以回家嗎？」

被小杏筆直地注視，千夏子屏住了呼吸：

「那當然了。

……如果夏紀不在了，媽媽一定會很寂寞啊！」

差點被兒子拋棄，千夏子總算大徹大悟了。原來自己居然讓孩子如此地痛苦。她覺得胸口好像快裂開了，但自己沒有權利受傷，因為一直以來不斷地否定夏紀的，就是自己——對不起。千夏子以不輸給夏紀的力道，緊緊地抱住他的身體。

「小夏，再跟媽媽來我家玩喔。」

柚季伸出援手說，夏紀抬頭看千夏子的反應。

「……下次請她們來我們家玩吧。」千夏子說。

可以嗎？夏紀小小聲詢問的聲音裡，有著若隱若現的一絲希望。千夏子總算深深地吁了一口氣。

也許是因為雨下個不停，只穿短袖感覺有些涼意。夏天應該會在這樣的天氣中，一眨眼進入尾聲。

千夏子為夏紀穿上雨衣，牽著他的手走到停車場。之前她總是嫌雨天麻煩，但現在甚至連下雨都覺得感謝。旁邊的柚季揹著小杏，撐著雨傘。小杏也許是累了，眼皮沉重得快蓋下來了。

「好像很睏呢。」

柚季說，千夏子注意到夏紀也和小杏一樣昏昏欲睡。

「那，下次見。」

來到停車場後，柚季笑著揮揮手說。她重新揹好完全睡著、快要滑落下去的小杏，拿好雨傘。

「下次見。」

千夏子也這麼回答。

——下次見。

這是個小小的約定。

只是這點小約定，就讓千夏子有了勇氣。

她還有非做不可的事。

千夏子對下班回來的丈夫說出今天發生的事。在丈夫劈頭蓋臉地說出一堆否定言詞之前，千夏子毅然決然地先問出口：

——你為什麼會想要孩子？

千夏子一直想問，卻一直問不出口。她覺得丈夫的回答，有可能讓她的地基整個崩塌。但如果不在差點被夏紀拋棄的這天問個清楚，感覺她這輩子都沒有機會再問了。不管丈夫怎麼回答，都不可能有比被自己的兒子放棄更痛苦的事。

丈夫重新在沙發坐下，注視著自己的手掌。他目不轉睛地看著，就好像上面寫了什麼，然後總算開口：

「……因為我哥沒有孩子。」

丈夫害怕著什麼似地說。

「什麼意思？」

丈夫不肯看千夏子。他就像挨母親罵的孩子那樣，以更加虛弱的聲音說道：

「我從小就一直比不過我哥。

不管是功課還是運動，沒有一樣比得過他。

我爸一直只喜歡我哥，根本不需要我。

我爸說光是認真是不夠的，但我也不知道那到底該怎麼做才好。

求職的時候我也很努力，卻找不到像樣的工作。

只有從大學的時候一直打工的書店問我要不要當約聘員工，這讓我很開心。

其實我想要一直待在書店裡，但如果想要當正職，就只能去做業務。不過我認為這樣一來，或許就能得到我爸的肯定了。可是只是這樣，我爸根本不會肯定我。」

補習班的人也都嘲笑我對吧？丈夫瞄了千夏子一眼說。

「我都知道的。我明白。

因為從小到大，每個人都說我不得要領、無聊沒趣。可是，我也沒辦法啊。就算人家笑我太老實，我就是這種個性啊……

但是，我知道我爸和我媽一直很想要孫子。

也知道他們很期待哥。

所以……我決定只有小孩，我一定要比他先生。」

聽到丈夫的告白，千夏子無法用一句「太過分了」帶過。因為自己也半斤八兩。

「可是夏紀出生的時候，我哥說了。

他說：你真是做了傻事，這樣下去，你永遠逃不出媽的掌心。

……原來我哥不是生不出孩子，而是不生。他想要跟老家保持距離，想要只屬於自己跟太太的生活，所以才不生小孩的。」

「你後悔了嗎？」千夏問。丈夫抱住頭說「我不知道」。

「我不知道該怎麼面對夏紀。

我真的沒有任何我爸疼我的記憶。我有的全是些討厭的記憶。

……我不想讓夏紀有那樣的童年。」

「那，你能不能為夏紀做你希望你爸為你做的事？」

丈夫抬起頭來。

「我想，我跟你一直都沒有真正成為那孩子的爸媽。

我不知道身為母親，怎麼做才是對的。

但是我想，往後是不是可以為那孩子做我們希望父母對我們做的事？」

丈夫沒有點頭。但也沒有說「沒辦法」。

＊＊＊

從托兒所回家時，春花去了超市。她就像平常那樣提著購物籃，在店內逛著。眼前是一片日常景象，難以相信剛才發生過鬧到報警的風波。

她看見收銀臺後方的雜誌區有個年輕母親正在看流行雜誌。她的腳邊有個小男生四腳朝天躺在地上，喊叫著：我要尿尿！但母親不知道是不是裝作沒聽見，甚至沒有從雜誌抬起頭來。

春花正想走過去說個幾句，但才剛跨出一步，母親已經闔上雜誌，抱著小孩衝向廁所了。春花就這樣怔立在原地——居然擺出小孩救世主般的嘴臉，自己真是太可恥了。到底要怎麼樣，自己才會滿足？

母親死了以後，有個想法一直壓在她身上，揮之不去。

——媽生了我，是幸福的嗎？

母親的人生就像是為了養育春花而活。如果沒有自己，或許母親也有機會再婚，而且或許也不必勉強工作，操勞至死。

是不是自己絆住了母親，奪走了她的性命？

這個想法支配了春花，讓她覺得生下孩子，成為母親，完全就是一件恐怖的事。然而另一方面，只要看到不負責任的母親，她就忍不住要和自己的母親比較，罵她們沒資格當母親——不要任意生下孩子，又說什麼還是不想要了。

可是，夏紀回到托兒所時，千夏子立刻向兒子伸出雙手，用力抱緊他的全身，毫不猶豫地說：

——如果夏紀不在了，媽媽一定會很寂寞啊！

這句話變換成母親的話，傳到春花的心中。

——如果沒有春花，媽媽一定會很寂寞啊！

再也無從確定了。但是春花與母親之間有許多大大小小的回憶，讓她能夠相信母親應該是幸福的。

她不經意地看向購物籃，裡面雜亂地放著一個人不可能吃得完的麵包和零嘴。不能被母親看見自己這種樣子。她把所有的東西放回去，拿了一個便當放進籃子裡。這點量或許無法排遣嘴饞，如果沒有大量的食物圍繞，她就會感到不安。也許晚點又會跑出來買。不過現在她設法甩開那些心理糾葛，走向收銀臺。

必須活得讓母親為她驕傲才行。

春花在心中決定，回家以後就打電話給光，回絕婚事吧。

＊

千夏子重買了新的手機，也回去超市繼續兼差。就好像一切都回到了原狀。但休息的時候聽到打工領班說她只做到這個月就要辭職，千夏子心想世界還是在變化的。

「回娘家的女兒總算回去了。說是我孫女吵著要她回家。可是她說可能沒辦法跟老公復合了，還說如果找到工作，就要跟老公離婚。

「嗳，隨便怎樣都好啦，只是那樣一來，我身為母親，還是想要支持她。

「上次請你代班的時候，其實我是去參加照護員工作的面試。薪水比現在更好一點，所以我想要換工作。」

領班一口氣說完，喝起罐裝咖啡。

「……為什麼你能做到這麼多？」

千夏子問，她笑道：

「有什麼辦法？我是母親啊。」

領班「哇哈哈」大笑，真正是為母則強。

「……我沒有自信像你那樣。」

聽到千夏子這麼喃喃，領班豪邁地拍打她的背說：

「你在說什麼啊？

你當母親才幾年不是嗎？

我可是當了超過四十年的母親呢！

可別小看我了！」

好啦，上工啦！領班笑著離開後場，千夏正要跟上去，口袋裡的手機震動了。拿起來一看，是丈夫傳訊息來了。

「星期天三個人一起去洗車吧！」

看在別人眼中，這只是一則平凡無奇的訊息。但是對我們家來說，這是極重大的一步。

「我很期待！」

如果告訴夏紀，他會露出什麼樣的表情？
千夏子第一次迫不及待去托兒所接孩子。

國家圖書館出版品預行編目資料

誰在看著我 / 宮西真冬著；王華懋譯 . -- 初版 . --
臺北市：皇冠, 2019.03
　面；　公分 . --（皇冠叢書；第 4744 種）（大賞；109）
譯自：誰かが見ている
ISBN 978-957-33-3431-6（平裝）

861.57　　108001687

皇冠叢書第 4744 種
大賞｜109

誰在看著我

誰かが見ている

作　　者—宮西真冬
譯　　者—王華懋
發 行 人—平雲
出版發行—皇冠文化出版有限公司
台北市敦化北路 120 巷 50 號
電話◎ 02-27168888
郵撥帳號◎ 15261516 號
皇冠出版社（香港）有限公司
香港上環文咸東街 50 號寶恒商業中心
23 樓 2301-3 室
電話◎ 2529-1778　傳真◎ 2527-0904
總 編 輯—龔橞甄
責任主編—許婷婷
責任編輯—陳怡蓁
美術設計—王瓊瑤
著作完成日期— 2017 年
初版一刷日期— 2019 年 3 月

法律顧問—王惠光律師

讀者服務傳真專線◎ 02-27150507
電腦編號◎ 506109
ISBN ◎ 978-957-33-3431-6
Printed in Taiwan
本書定價◎新台幣 320 元 / 港幣 107 元